探偵・花咲太郎は閃かない

入間人間

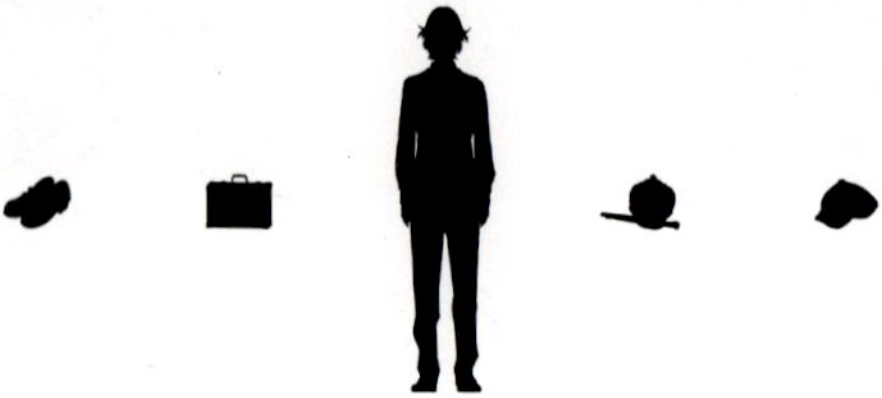

デザイン／カマベヨシヒコ
シルエットイラスト／左

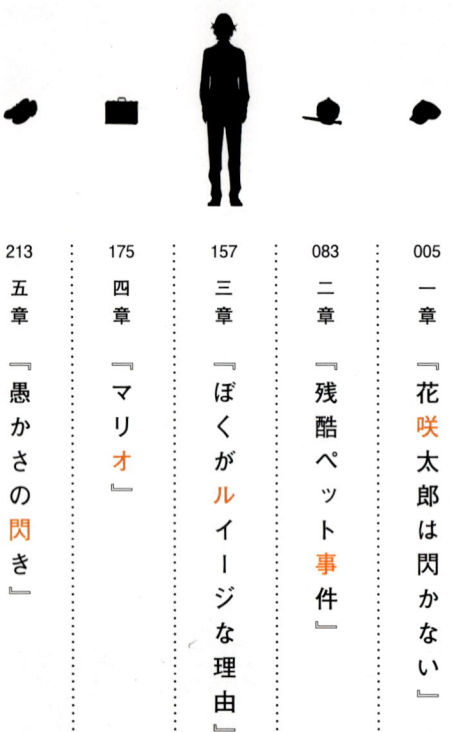

「推理は省いてショートカットしないとね」

「期待してるわよ、メータンテー」

入間人間

探偵・花咲太郎は閃かない

一章　『花咲太郎は閃かない』

ぼくの名前は花咲太郎《はなさきたろう》。犬や猫の捜索が専門に近い探偵だ。

浮気調査の依頼が数ヶ月に一度の大事件となる探偵事務所に勤めて、日夜、迷子《まいご》の犬や自主的に逃げ出した猫を飼い主さんの元に連れ戻す仕事に明け暮れている。

……などと説明して、この場の誰《だれ》が信用してくれるのだろうか。同じ空間に同席している方々の半数は、ぼくの職業が公になるやいなや、期待に目を輝かせて見つめてくる。

別に自分から大々的に自慢するわけじゃないのだが、何故《なぜ》か大体の場合でぼくの職業は看破されるなり、露呈されるなりしてしまう。知り合いに『この人は探偵です』と口を挟まれるときはともかく、何もしていないのにどうして看破されたりするのか、全くもって謎《なぞ》なのだが。皆さん、鋭い観察眼をお持ちである。資格も特にいらないので、私立探偵を名乗ってはいかがでしょう。まぁ儲《もう》からないけどね。

部屋の雨戸を下ろした窓がガタガタと外から、派手に揺らされる。山奥のペンションまで借金取りが催促に訪れていないなら、風が犯人だろう。七月に入ったばかりで梅雨《つゆ》明けもしていないのに、慌てん坊の台風が本土を襲撃している、と朝のニュースで報道しているのを、ぼくたちはここにいる全員で確認した。そのときはまだ、外の暴風より室内の狂騒の方が耳障《みみざわ》りだった。今は落ち着いたというより、騒いで疲れ果てたという方が正しいか。

「まぁ確かに探偵なんですけど……」皆さんの視線に何とか、歯切れ悪くも答える。

サンジェルマンの館《やかた》からデリバリーされて来ました名探偵ですってわけじゃないのだから、ぼくにペット以外の痕跡《こんせき》を追わせるような期待は慎んで欲しい。

もっと誰も色めき立たない、マシな紹介はなかったものかな。

……ああ、ひょっとして自己紹介の中で、こちらなら信用して頂けるかも知れない。同伴者の見た目や年齢、性別を考慮すれば、それがあながち間違いではないかも、と疑心は拭《ぬぐ》いきれないものの、首を縦に振らすことは出来そうだ。

その予行演習として、心中で一度、分かり切ったことを独白する。

ぼくはロリコンだ。

探偵でロリコン。特に重複も矛盾もないパーソナリティーといえよう。

もしぼくが、今の頭脳を持ったまま小学生に戻ったら、ああ、勿論《もちろん》謎の組織に薬とか飲まされての話ね。で、小学生になったら。今の仕事を引き継いで名探偵になるのではなく卒業文集に、『結婚適齢期を十歳からとする世の中を作ってみせる！』って野望を書く。

女性というのは十五歳までに成長を終えて、それ以降は衰退期。女子高生は熟年の知恵袋の一つや二つ持っていないといけないし、女子大生は仙人だ。是非《ぜひ》奉《たてまつ》られてくれ。

そんな価値観を持ったぼくの隣には、相応の範囲に魅力を濃縮した美人がいる。十三歳という人生の絶頂期に位置している彼女は、今回のハイキング旅行の同伴者。白《はく》桃《とう》のような艶《つや》を含む色の肌に、色濃い赤の唇。長髪は左右で二つに纏《まと》めて、小さな王冠を模した髪飾りを装飾品としている。この眼球が舐《な》めたくて仕方ない女性を、ぼくはトウキと呼ぶ。

彼女が、この空間内でぼくに興味を持たない三人の一人目。今は携帯ゲーム機に夢中だ。ちなみにぼくに夢中になったことは今まで一度もない。嘆かわしいことに、彼女はロリコンがお気に召さないようだ。本人の『性質』と相反して、社会の常識というやつに従順な子なのだ。

まぁトウキの素晴らしさについては追々《おいおい》語るとしても……参ったなぁ。

今更、ロリコンと名乗り直して素性を上書きしても、事態が収拾しそうにない。

探偵であるぼくを歓迎していないのは部屋の隅にもう一人。ぼくが探偵と明かされた直後から、面白くなさそうに膨れ面《つら》している青年だ。こいつが、ぼくに興味と期待を示さない二人目。ぼくに名推理を期待しないというだけで、好感を抱ける青年である。

本人は友愛の手を差し伸べられても、払い除《の》けそうな不機嫌面だけど。

「…………………………で」

残っているのが、問題の山を積む。ぼくに対しての見当外れの期待も、そいつに起因するのは間違いなかった。本当はそいつに解決して貰《もら》うのが一番手っ取り早いし真相に近いだろうに、人の世は不便なのでその口が、犯人を糾弾することは叶《かな》わない。

ぼくに関心を持たない三人目の最後は、死体だった。

真っ赤に乾いた少年の死体が、部屋の隅で隙間風《すきまかぜ》に身を震わせている。

事は三日前に遡《さかのぼ》る。

まだ暦が六月で、数日前から雨が続いていたけどその日は確か晴れていた。

湿気の所為《せい》であまり歓迎は出来ない暑さだけど、差し込む日差しにぼくは目をしかめて。

そしてまた、腹筋を繰り返す。床に寝そべり、日課の筋トレの最中だった。

両足を上げながら行うと効果的だと本で読んだので実践している。

街の中で生きる探偵に必要なのは体力であって、冴《さ》え渡る推理ではない。

それはぼくに探偵業を教え込んだ人の信条の一つだ。

その言葉に感銘を受けつつ腹に孵《かえ》りかけの卵でも温めていそうな体格の探偵事務所所長はさておき、体力が大事なのは事実だった。特に、ウチみたいな零細事務所においては。自動車もないんだぞ、どうだ参ったか。所員一同、自転車通勤である。

仕事が来ないわけだ。しかし何故か資格を持っている所長が多角経営の一環として司法書士事務所の看板も掲げている為《ため》、ぼくともう一人の所員が新たな就職先を探す必要はない程度に繁盛《はんじょう》していた。というか探偵業がオマケに近い。でも事務所の窓には『神守《かみもり》探偵社』としっかりペイントされている。事務所じゃなかったのか、と突っ込み所満載だ。

さて、そんな機動力のなさが実に大正時代的な事務所に勤め続ける為に、ぼくは朝の出勤前に軽い運動をこなしていた。レトロすぎて思わず建築がレトルトアパートと評したくなる、ボロい建物は運動する度に埃《ほこり》と震動が舞う。寝言まで隣の部屋に筒抜けだ。

朝のニュースの電波を受けているテレビの音量もほぼミュートに設定されている。二十代という年増《としま》アナウンサーの解説など耳にする価値はないけど。

そのときは丁度、天気予報の時間だった。

「ふぅん、台風ね……」中途半端《はんぱ》に腹筋で上体を持ち上げたまま、テレビ画面を眺める。日本列島から相当に離れた海域で、雲が渦巻いている。本土へ上陸する可能性はほぼないらしい。まぁまだ、台風の日本視察の時期には早いよな。

「いっそのこと訪れて、梅雨をバーッと回収してくれていったらいいのに」

などとテレビに対して独り言を、あくまで静かに呟《つぶや》いていた。

そうして、部屋で鶴《つる》が恩返しするようにこそこそと腹筋を鍛えていたら、同居人が布団を蹴《け》って起き上がる。トウキだ。ぼくは十三歳の女性と、一つ屋根の下で同棲《どうせい》している。

しかも桃から生まれたような美少女。太郎の方はぼくが受け持った。

その事実だけで全人類に勝利宣言を表明することは大げさじゃないだろう。まぁもっとも、数年一緒に暮らしていてもぼくたちの関係に変化があったことはないのだが。

世の中、ロリコンに厳しいのだ。(少女に)触れるだけで皆傷つくという感じで。

「おはようっ」腹筋しながら挨拶《あいさつ》。足を上げたまま行うのが少し辛《つら》くなってきた。

「おぁよぅ……」俯《うつむ》きながら、寝惚《ねぼ》け眼《まなこ》のトウキがもにょもにょと小さな口を動かす。王子が白馬で人の家の扉をぶち破って通りかかったら、相手が勝手に目覚める寸前であっても口づけを行おうとするレベルの可愛《かわい》さだ。言ってることが支離滅裂な気もするけど、叶うなら長々と、延々と描写し続けたい。

トウキは桃姫と書く。ぼくが勝手に命名している。本名は桃子《ももこ》というけど、ぼくは彼女を姫として扱い（悲しいことに、その待遇も期限が二年後までと迫っているが）、故《ゆえ》に桃姫、トウキと呼んでいる。ぼくは彼女が好きだ。臆面《おくめん》と助走もなく、告白が飛び出す。

無論、その好意は友愛ではなく恋愛感情の形を成している。ぼくは年増に恋をする人間じゃないし、それを隠すこともない。隠し事はストレスを生み、不健康を誘う。

健康的に生きることが、ぼくの人生の目標だ。その為に自分の足で歩き回って、犬や猫を町中に捜し求めるこの仕事を選んだのだ。半分は冗談だけど、少なくとも、椅《い》子《す》に座って知恵を振り絞って、他人の犯罪の粗探しを行うよりは健全なんじゃないだろうか。

「ねぇルイージ、ハイキングに行きたい」

目を擦《こす》ったトウキが、そんな要求をしてきた。朝の挨拶を言い直すかと思っていたので、ぼくことルイージは僅《わず》かに面食らう。腹筋が中途半端な姿勢で停止して、ミチミチと筋肉が悲鳴をあげた。慌てて身体《からだ》を伸ばして、腹部を撫《な》でながら立ち上がる。立って、上半身を屈伸させた。ラジオ体操の要領で身体を前、後ろと折って伸ばして。

腰の張りや、寝転んで床に押しつけていた背中をほぐす。あ、ちなみにぼくがどうしてルイージって呼ばれるかというと、緑色の帽子をいつも被《かぶ》っているからだ。緑色の炎を手から出せるわけでも、掃除機で幽霊が吸い込めたりするわけでもない。勿論、コイン百枚集めても命が一つ増えるわけじゃないので、毎日を大切に生きている。

殺人事件なんて、生涯次元を違えていたいぐらいだ。

「ハイキング？　山に行こうって？」

梅雨時だから、行楽シーズンとは言い難《がた》いけど。特に自然を満喫する山、海あたりは。

「そう。なんか昨日、お布団に入る前に行きたくなったの」

また唐突な。まぁトウキが突発的じゃなかった試しはないけど。

それはそれとして、布団じゃなくてお布団って言うところが可愛いなぁ。

「でも台風が来るらしいよ」

「逸《そ》れるんでしょ？　問題なーい」

「ハイキングねぇ」あまり頭を働かせないまま呟き、夜に墓場と勘違いして妖怪《ようかい》さんたちが運動会を始めそうな、アパートの敷地内の景色を見下ろす。近所の小学校へと集団登校する、黄色い帽子の小学生集団がアパートの前を歩いていた。見物先変更、女性を見下ろす。最近はランドセルで通学しなくても良くなったらしく、リュックサックを背負《しょ》っている子もいる。活力に満ち溢《あふ》れている女性（女子小学生、恐らく中学年）たちの黄色い頭が、元気いっぱいに上下に動くのは眼福以外の何物でもない。麗《うるわ》しいなぁ。アパートと通学路と窓の位置関係に感謝せざるを得ない。奇跡や運命の類《たぐい》も、太陽光の中に垣間《かいま》見えた。

「ロリコン、布団片付けて」

ぼくの目線が何を捉《とら》えているかお見通しとばかりに、トウキが冷たい声で命令してくる。トウキとぼくは以心伝心、心情が筒抜け……というよりいつも敷地に転がった植木鉢とか無視して、同じものしか観察していないからな。

トウキの使用していた煎餅《せんべい》布団を三段に畳む。三段でも、ホームセンターで販売しているマットに対抗出来るか怪しい薄さだ。今度、給料入ったら布団買ってあげようかな。

「ルイージは遠足で何処《どこ》行ったの？」

トウキの中ではハイキングと関係あるのか、そんな質問をしてきた。

「ぼく？　確かロープウェイで山に登ったり、自然公園にオリエンテーリングしに行ったりとか、だったかなぁ。なんか社会見学と一緒くたになって、思い出しづらいな」

ゴミ処理場のプラントとか、あられ工場に見学に行ったのは覚えている。地下の汚水処理の工程を見て、この水の流れに飛び込んだら確実に死ぬなぁとか、なんか、謎成分で巨大化&凶暴化した魚かワニが、水面に飛び出してきそうだなぁとか一人ワクワクしていた。

あられ工場ではあられを一個貰った。味は薄かった。思い出が薄れた所為かも知れない。

「あ、それいい。あたしのハイキングでやりたいことリストに、ロープウェイ追加」

「いつの間にそんなリストを作成したんだい」

「あと、野生の熊《くま》に会って蜂蜜《はちみつ》を分けて貰う」

「かぐや姫の難題の現代版みたいなことは出来ません」

「ということで、あたしも遠足行きたいのよ、きっと」

などとトウキがにやつきながら所望してくる。

「ううん……」ロリコン采配《さいはい》が渋るように唸《うな》る。いや、無論尊重したいんだけどね。畳んだ布団を部屋の隅に置こうとしたけど、思い直して窓の前の光に晒《さら》す。日に当てれば多少は殺菌出来る気もする。「あー」布団から手を離して、狭い部屋をグルグル回る。

トウキとハイキング。日帰りで行ける山が近所にないから、山の上で一泊はしないといけないだろう。そうなるとこれは旅行に分類される。トウキと旅行。これがなぁ。ぼくとトウキの相性は良い。ロリコンと、その好意に対応出来る年頃《としごろ》の女性。悪いはずがない。これはグッドだ、一方的に。

だけどそんな素敵な彼女と旅行が組み合わさると……『また』行った先で人が死んだりしないかなぁ、などと心配する必要が出てきてしまう。

「ルイージ、嫌なの？」

うるうる、と素敵な笑顔のまま口だけでトウキが泣く。ぼくは目を逸らしながら頭皮を指で掻《か》こうとして、既《すで》に帽子を被っていることを思い出す。うーん、我ながらルイージ。

「……じゃあ今度の土日に行こうか」

「うんうん、それでこそルイージね」トウキがご満悦そうで、ぼくも釣られて笑う。

悩んでも結局、ぼくがトウキの要求に応《こた》えなかったことは一度としてないのだ。

後は出発の日までに、今回こそは何も起こらないかも知れないぞ、と気楽に構える心を養うだけだ。そうすればぼくはきっと、トウキとの旅行を何よりの楽しみにして、週末まで足を棒にして働けるだろう。


で、まぁ、起こってしまったわけだ。殺人事件。順を追って、要点だけ説明しよう。

まず土曜日、トウキと約束通りに山へ出かけた。バス停まで歩いてから二十五分に一本出るバスに乗り、町中から大分離れた山へ出発進行。遠足気分を演出する、ということでトウキは市販のウーロン茶を詰めた水筒を、紐《ひも》で肩からぶら下げていた。ぼくがその姿を携帯電話のカメラで撮らないはずがなかった。二十枚ぐらい撮って、全部保存したらあっさりと保存容量が一杯になった。古い機種だからなぁ。

二回ほどバスを乗り継いで、昼前にはトウキご所望の山に到着。「さ、登るわよー」

まるで引率の先生みたいな口調ではしゃいで、ぼくをトウキが手招きする。その笑顔をぼくが携帯電話の以下略。保存出来る写真の枚数の関係上、泣く泣く少し削除した。ぼくの頭の中にデータを保存出来るようにならないものか。

天候は曇りで、予報では夜から雨が降るということだった。何でもテレビで見かけたあの台風が、日本の側《そば》を通るつもりらしい。直撃ではないし、ぼくらの住んでいる地域は掠《かす》めもしないけど、雨だけがお裾《すそ》分けされるそうだ。梅雨で有り余ってるのにねぇ。

三十分ぐらい登ったところでトウキが「疲れた」と言い出したので、そこからはぼくが背負って登った。役得。合法的に、ぼくの求めるような女性と触れ合うのは難しいのだ。

「ぼくとしてはお姫様抱っこもいいと思うんだけどなぁ」

「あたしも王子様は選びたいの」

「ふぅむ」今度、帽子を赤色にでも新調してみようかな。ついでに髭《ひげ》も生やして。

そんなこんなで爽《さわ》やかとは言い難い、水分を含んだ山の空気を吸い込みながら緩やかで整備された山道を歩いた。霧吹きを常にかけられ続けているような、そんな空気に包まれていた。自前の足はぶらぶらと宙に浮いて揺れているけど、楽な山登りをトウキも結構楽しんでいたようだ。ぼくの家に転がっていた、貰い物の野草図鑑を読破したらしく、道中に生えている草の名前を幾つか教えてくれた。正解しているか不明だったので、ぼくとしては反論の余地なく感心するしかなかった。で、寄り道したり作ってきたおにぎり食べたり、水筒でトウキと間接キスだわっほいと喜んでいたらそれを見透かされて、ぼくの腕の関節がキスさせられそうになったりしながら、三時過ぎにペンションに到着した。雪山にあるシュプール……ではないはずだった。

行楽シーズンでもないから、泊まり客がぼくたちとその他数名しかいない。そう穏やかな笑顔で説明する経営者の中年に案内されて、部屋に案内して貰って、泊まって。そして翌日の朝、死体が発見された。ヤメテー。名探偵がいないのに死体で物事を動かそうとすれば、その場の人が全滅する道を辿《たど》ることもあり得る。死体こそが、三《さん》途《ず》の川の水先案内人なのだ。死体は死体を呼ぶ。生産性がないわけじゃない。

朝にぼくが出会《でくわ》した死体は、宿泊客の一人。高校生、或《ある》いは中学生に該当しそうな、成熟しきっていない雰囲気の少年だった。共用のトイレの便器に尻《しり》から突っ込まれている。

胃腸の付近を刃物で一突きされたらしく、腹から内臓と血液が飛び出していた。ただ便器の中に身体が収まっている為、流れ出る血液とモツの欠片《かけら》は、外にあまり飛び散っていない。殺害した人間なりの、ペンションに対する礼節と配慮だろうか。

第一発見者となってしまったぼくは、死体をそのまま便器に流すということを試そうと手を伸ばし、しかし思い留《とど》まった。目眩《めまい》がして、死体に跪《ひざまず》くように屈《かが》む。

ああ、また事件だ。

トウキと出会って以来、通算何度目か不明なほど、こうして死体に遭遇している。彼女は探偵気質の持ち主なのだ。旅行や特別なイベントがある度、かなりの確率でそこが殺人事件の現場となる。だからトウキと旅行の組み合わせは、歓迎出来ない。

目眩が治まらないまま壁に手を突いて立ち上がり、立ち眩《くら》みのように足をよろめかせながら、ぼくは取り敢《あ》えず、広間のテレビに釘付《くぎづ》けとなっているペンションの皆さんに、死体の発見を報告に向かった。ペンションの外にはある意味、死体より厄介なものが到着していて、ぼくはそれによって一層、鬱々《うつうつ》とした気分に陥っていた。

台風だ。直撃しないと言い切ったテレビの偉い人たちは市民にもっと怒られてもいいと思う。台風は急遽《きゅうきょ》、予定していたコースを変えてドライブインで休憩するように日本列島を覆っている。ぼくらが宿泊している山も例外なく、その暴風雨に呑《の》み込まれていた。

元は粗末じゃなかったかも知れないけど、長い年月によって耐久性に不安があるペンション。しかも山の上で、緊急時の救難に誰かがすぐ駆けつけてくれるとは思えない。山の麓《ふもと》までのロープウェイが、風であっさりと千切れ落ちそうなのに運行しているはずもない。というか、この荒れ模様の天候で乗る勇気のある奴《やつ》はいるのだろうか。少なくともぼくは嫌だ。

このような状況に晒されて、人数は少ないとはいえ、宿泊客や経営者さんは不安で胸一杯。ということで窓や外壁に叩《たた》きつけられる風雨や、祭りの巨大団扇《うちわ》みたいにぼーぼー揺れる木々に怯《おび》えつつ、広間で気象情報に五感を傾けていた。テレビを囲んで浮き足立っている彼らに、ぼくはもう一つの問題を報告しなければいけない。ぼくが殺したわけではないと言っても、伝えるのは気が重かった。

「あの、トイレに死体が入っていたんですが」

料理に髪の毛が入っていたことを告げるような調子で言ってしまった。

トウキはまだ眠っていたので、報告後の喧噪《けんそう》を無視してぼくは広間から部屋に戻る。「ちょっとどういうことです！」と夫婦の片割れである人間の干物のようなババもとい、おばさんがぼくに詳細を求めて突っかかってきたが「トイレにいますよ」とだけ言って逃げた。

部屋に入ってトウキの寝顔を一分ほど、瞬《まばた》きを堪《こら》えて堪能《たんのう》してから、肩を揺すって起こす。「ルイージ……？」ねむねむ、とトウキが目を擦ってシーツから身体を覗《のぞ》かせる。ねるねると鼻血か何か噴き出しそうなほど、今の『ねむねむ』が可愛らしかった。

「なんでそっちも目擦ってるの？」「ちょっと疲れ目で」瞬きを我慢しすぎた。

二人で思う存分眼球を指で撫でてから、ぼくは台風の件と死体発見について簡単に説明した。殺人事件と決まったわけじゃないから、敢えてその言葉は口にしない。

ぼくのその報告にトウキが、「ふーん、またー？」とニヤニヤ意味ありげに笑う。

「またなんだよ」そう言って、ぼくも笑いたい。だけど殺人事件に対する笑顔とはどういった類の感情を伴って発現すればいいのか、不勉強なぼくには分からなかった。トウキは、面白がっているようだけど。うーん、普段は常識的な子なんだけどなぁ。

「殺人事件、飽きないね」「まだ自殺の可能性もあるよ」「ないない」トウキは『そいつぁ通らねーよおにいちゃん』といった風な顔になり、手を横に振る。まぁ、だよなあ。

「他《ほか》の人の所へ行こう。一緒に行動していないと、あらぬ疑いをかけられかねない」

「殺人犯の側に行くの？」トウキがその事実を敢えて口にして、ぼくを焚《た》きつける。

この子は何というか、事件が起きる度にぼくに超人的頭脳とかそういった活躍を期待せずにいられないらしい。だけど生憎《あいにく》、ぼくは肉体労働の担当なのだった。

「殺してから外に逃げたんじゃないかな。捕まりたくないだろうし」

「台風来てるんでしょ？　外に出たら死んじゃうと思うけど」

それは犯行時刻と、台風の影響が出始めた時間を調べないと……あーいやいや。でもどうかな、外に出たら死ぬって。木が次々に倒れてきそうな風の強さで、開けたところの少ない山だから、飛ばされてくる物も多いだろう。長時間、マトモに歩き続けることが出来るかも怪しい強風の真っ直中《ただなか》で下山するのと、犯行現場に留まり続けるのとどっちが穏便かな。

ぼくだったら、警察もすぐに駆けつけるのが難しいと考えて後者を選択する。

「外で風雨に塗《まみ》れて死んでいることを祈ろう」

「期待してるわよ、メータンテー」無理だから。でも姪《めい》探偵とかならしてもいい。

トウキを連れて広間に戻ると、先程より人が少なくなっていた。ぼくの報告を聞いて死体見物に出かけたのかも知れない。経営者の中年さんはいなくなり、その場でテレビに齧《かじ》り付いているのはさっき騒いだ夫婦だけだった。ぼくらに振り返り、またギャーギャーとヒステリックに噛《か》みついてくる。死体ってどういうことだの、台風で山下りられないじゃないだの。人災も自然災害も、ぼくの手に余るわけであり、どうしろと仰《おつしや》るのだ。

まさかトウキの謎パワーが台風の進路を変えて、この舞台を用意したなんて、そんなことあるわけもない。まぁ多分。逆に、『そういう場所』に引き寄せられた、って解釈ならある程度は納得出来るけど……でも自然現象は管轄外だよねぇ、人類には。

夫婦の愚痴《ぐち》をぼくが担当している間、テレビ画面に報道される台風被害の映像をトウキがニヤニヤ眺めて、その内に他の人たちが広間へ戻ってきた。経営者である中年は青ざめて、後ろに続く男は無表情、最後尾の青年は高揚したように表情が明るくなっていた。

いや、人間の表情の移り変わりを表現している場合じゃないから。などと突っ込みを内心で入れた瞬間、風で広間の硝子《ガラス》が割れた。夫婦の妻の方が悲鳴を暴風以上に鋭くあげて、飛び跳ねた。そして入り込んでくる風雨に、全員がここは危険だと教えられる。

経営者の使っている離れの部屋にしか雨戸が付いていないというので、ぼくたちは全員でそこに避難することになった。ただしその中に、死体も含めて。飛んでいったら困るしね。

現場保存とかいいのかなぁと思ったけど、その現場自体が風で吹っ飛ぶ可能性もあるし、今回は微妙なところか。それに死体の魂が、肉体が便器に浸《つ》かりっぱなしであるのは許せないんじゃないかな。

宿泊客の夫婦は揃《そろ》って大反対したけど、妙に顔を輝かせた青年が熱心に説得して丸め込んだ。死体との相部屋を許可させられるとは、なかなか口が達者のようだ。感心した。

ぼくの弁が立つのは、己《おの》が性癖を語るときだけなのだ。

死体は第一発見者という理由で祭り上げられたぼくと、その妙に明るい青年で運んだ。青年が上半身を、ぼくが下半身を支えて少年を持ち上げる。ぼくは常備している手袋で両手を保護しての作業だった。少年の死体は小柄で、持ち上げやすい。運ぶのに適してはいるけど、それでも死体の足は重く感じられた。

そして全員、ぼくやトウキを含めた七人で十畳間といった広さの離れに逃げ込んだというわけだ。こちらも木造建築ではあったけど、少年自然の家風の客室よりはマシと思える造りだった。椅子の数が足りないので、ぼくとトウキは二人で部屋の隅に座った。

少なくとも台風が本格的に到来している間は、この部屋で過ごすしかないようだった。

経営者が意を決して窓を開き、風に儚《はかな》そうな前髪を乱されながら雨戸を下ろす。ガンガンガンガン、と鳥が二十匹ぐらい雨戸の前に集《つど》ってクチバシで突ついているような音が鳴る。

窓を閉めても当然、その音は止《や》むことなく室内に入り込んできた。これから何時間、この部屋に滞在しなければいけないか分からないけど、音は確実にストレスを生みそうだ。

それからすぐに、大学生になり立てのような雰囲気を持つ男が、すいません、トイレ行ってきますと一人で部屋を出て行って、監視の目とか付けなくていいのかなぁと思いながらそれを見送って。で、明朗な表情の青年が立ち上がって、場を仕切りだした。

「まず、携帯電話で警察に連絡しましょう」青年のそのまずというか、今更な気配の漂う言葉に、夫婦がハッと顔を上げる。おー、山中でも携帯電話が使えるんだな、とぼくは感心して自分のやつを取り出してみた。アンテナが一本で少し不安定だけど、何とか繋《つな》がりそうだ。警察には青年が連絡してくれるようなので、ぼくは『ひょっとしたら明日、職場に出られないかも知れません』と職場の所長にメールを送っておいた。休日だから、ケータイの電源を切っているかも知れない。

「困ったね」とぼやきながら隣のトウキを見ると、彼女は自分の鞄《かばん》から淡い青色の携帯ゲーム機を取り出して、画面の変化に熱中していた。鼻歌も混じっている。

画面から目を離さないまま、トウキの小さな手がぼくの肩を叩いた。

「頑張ってね、ルイージ」

「うむ。風で飛ばされないようにきみの手をずっと握っていよう」

ぎゅーっと握った。ぎゅーっと別の手に、手の甲を抓《つね》られた。「ゲーム出来ないでしょ」

ジト目で睨《にら》まれた。照れ隠しかな、と楽観視してみたけど、納得出来そうもなかった。

「暫《しばら》くこうして顔を合わせないといけませんし、自己紹介でもしませんか」

警察に連絡を終えた青年が続けて提案する。青年によると、警察もこの天候ではとても向かえそうにないので、風雨が収まるまで待って欲しいとのことだった。つまり、台風に囲われて死体のある部屋で数時間、或いは丸一日過ごすことになるわけだ。まぁ予想通り。

しかしそんな状況にも拘《かか》わらず、青年は楽しそうだ。台風が来たことではしゃぐ小学生みたいだな、と青年の様子を眺めて思う。ぼくが可愛い女の子（十歳以下）と友達になれたときとも、高揚の具合が似ている。しかし何故かぼくの場合だけ非難されるのだ。

「俺《おれ》は中村《なかむら》って言います。大学二年生なんですけど、今回はちょっと山の空気を吸いたくて……こんなことになるとは思いませんでしたね」言って、横目で死体を一瞥《いちべつ》する。

誰もそこまでの自己紹介を求めていないのだが。それに合コンの挨拶みたいだな。

経営者は鶴《つる》ヶ島《しま》、夫婦は森永《もりなが》とそれぞれ名乗った。夫婦は名前の方も言ったけど、よく聞いていなかった。恐らく両者を一括《ひとくく》りにして扱うだろうから、さして問題はないけど。

そして自己紹介の番が、ぼくとトウキに回ってきた。トウキはゲーム機から顔を上げないので、ぼくから先に紹介に与《あずか》らせて貰うことにする。

「花咲です。仕事は……えーと」探偵です、と名乗るわけにはいかない。毎回迷う。隠し事は嫌いだが、流石《さすが》にこの職業を公とするわけにはいかない。世に名だたる名探偵でもないのなら、身分を明かしても調査がやりづらくなるだけだ。犬や猫に職業がばれたら困るのかい？　と同僚に笑われたこともあったが、これはぼくの拘《こだわ》りでもある。

だったのだが、悩んでいる間に「こっちの人、探偵さんよ」トウキがあっさりバラしてしまった。おいぃ。そしてその暴露が、全員の目の色を変えてしまうことになる。

……ということで、冒頭に繋がるわけだ。いや冒頭ってなんだ、意味不明。ここからが本番だ、いやそれも意味分からない。人生はいつだって、自分にとっての本番ですよ。

「あー、あのですね……」目をキラキラさせて見つめるの、勘弁してくれませんか。

宿泊している部屋から持ってきた私物の、ジェラルミンケースの持ち手を指で弄《いじ》りながら、ぼくは愛想《あいそ》笑いを浮かべて事態の収拾に悩む。

ここではぼくの一言が大きく影響しそうなので、何を言うべきかに窮する。その間に、逃避と時間稼ぎを含んだ、部屋を同じくする者の観察でも改めてしておこう。

まずこのペンションの経営者である鶴ヶ島さん。見た目は恰幅《かっぷく》の良い中年で四十代後半といったところか。独身なのか、連れ添う妻の姿はペンション内に存在しない。雨戸を閉めた際に雨に打たれて今は額や前髪が濡《ぬ》れそぼっている。その乱れを差し引いても、前髪の生え際《ぎわ》が気になる容姿をしていらっしゃる。特徴はその程度かな。

次に森永夫妻。こちらも中年男とクソババ略。小市民代表という感じで二人とも猫背。どちらも痩《や》せていて、神経質そうな顔立ちだった。胃に穴がデフォルトで開いていそう。

更に続いて、中村青年。台風を不安がるのに死体に目を輝かせる大学生。髪が真ん中分けで、品行方正というか、全体的に育ちの良さそうな感じだ。今はふて腐れたようにぼくからそっぽを向いている。ぼくが探偵だと聞いてからその態度だけど、何か不都合があるのだろうか。同業者が名を偽って大学生に成りすましている……ようには見えない。

残る男はトイレに出かけてしまったので後回しにするとして、問題は鶴ヶ島さんと森永夫妻。この人たちは探偵を警察と勘違いしているのではないか。別にぼくがいたからって犯罪への抑止力になるわけではない。何故、希望の星を見つめるような目になれるのか、理解しがたかった。

「ぼくに頼られても、台風は撤去出来ませんよ。勇猛果敢に飛び出していくのも嫌ですし」

選ぶなら体重の重い人が優先されるだろう、風で飛びづらい気がするから。

「あれって、殺した人がいるんでしょう」

森永夫婦が、少年の死体を指差す。そういえば、死体の描写を忘れていたな……とそんなことを一瞬思ったけど、それより厄介な発想を口にしてきたことが問題か。

まぁあんな風に胃腸を外側から貫かれている死体を見れば、他殺体と考えて当然ではある。だけど躊躇《ちゅうちょ》なく、殺した人間がいることを指摘してくるなんて。

「この中に、犯人がいるとかあるじゃないですか。今から一緒にいなきゃいけないのに」

　森永夫妻の嫁の方が物怖《ものお》じせずに恐怖と不安を訴えてくる。その度胸があれば大丈夫、殺人犯にも舌戦で勝てますと忠告したくなるけど、聞く耳持たないだろうなぁ。

「犯人捜しは、ぼくの専門じゃないんで」「だって探偵なんでしょう?」鶴ヶ島さんが横から口を挟んでくる。「探偵も色々いるんですよ」そもそもぼくだって名探偵なんか会ったことがない。地球に現存しているのだろうか。優秀な探偵事務所という存在はあるけれど、一人が突出しているわけでもないし。

　ぼくが小説家や漫画家に抱くような幻想を、一般の人は探偵に持っているのだろうか。

「犯人を教えてください！見つけてくださいよ、探偵なら!」

「もしかしたら、今あなた方のお隣にいる人かも知れませんねぇ」意地悪してみる。

「「ヒッ!」」鶴ヶ島さんと森永夫妻が飛び跳ねて袂《たもと》を分かった。わはは。

　更にドッキリに便乗するように部屋の扉が開き、蛙《かえる》のような三人が勢い良く振り返る。恐怖か、それとも都合の良い希望に縋《すが》って。ふて腐れていた中村青年も、扉を見やる。

「あ、どうも。注目して頂いて」

入ってきたのはトイレから帰ってきた男だった。山へ遊びに来たという割に、コンビニに用事があるような軽装である。皆に見つめられて、悠長にも照れ臭そうに肩を狭めた。

「……ん？」

今まで釘付けだったゲーム機から目を離し、顔を上げたトウキがピッと男を指差す。

そして、さらりとこの室内を震撼させた。台風以上の風速を、撒《ま》き散らして。

「その人、犯人だから」

「……え、僕？」

入り口前に立ったままの男が、いきなり指差されて目を点にする。それから自分の顔を自ら指差すその仕草は驚きを示していたが、裏腹に態度に焦《あせ》りは感じなかった。

ぼくを含めてトウキの指摘には驚き、呆然《ぼうぜん》となるばかりだったが、その中で一番最初に動くことは出来た。鶴ヶ島さんたち三人を飛び越えて、男の元へ。硬直時間が短かったのは、慣れの差だろう、トウキとの付き合いの。

トウキはいつだって、こんな風に勘で犯人を当ててしまうのだ。

彼女にはそういう『能力』みたいなものがある。そして、事件に巻き込まれる探偵のような性質も。二つ合わされば天下無敵の名探偵、になれるとは限らないことをぼくは痛感していた。厄介事は、こうやって出かける度に有象無象のように増えていくというのに。

惚《ほう》けている男に駆け寄り、抵抗する前にジェラルミンケースを横に思い切り振り払う。遠心力を込めた一撃で男が派手に吹っ飛び、死体の方へ滑り込んでいった。そして男の背中に膝《ひざ》を叩きつけてからケースの直撃した腕を捻《ひね》り上げて、行動の自由を奪った。

これで間違いだったら大問題だけど、それはあり得ない。トウキの勘は外れた試しがないし、何よりぼくはトウキを一切疑わず、信頼しているのだ。

こんな推理放棄を好む探偵なのだからどうか皆様、期待をそっと胸に納めて頂きたい。

ぼくに出来るのは、こうやって男を不意打ちでぶっ倒すことだけです。

押さえつけられた男は抵抗せず、ごそごそと、ネズミでも走り回っているような音を立てる天井を見つめていた。そして少し遅れて、「あーいてぇ」と、ありきたりな感想を口にした。

「いやはや参ったなぁ。人前で手を縛《しば》られるのって何だか背徳的で、ドキドキする」

なんかすげー感想を語って、濡らして絞ったスカーフやハンケチーフで手足を縛られた男が身体を左右に揺すっている。彼もまた、ぼくとは別だが他人には理解しがたいものを背負って生きていそうだ。友達になれるかも知れない。

しかし、ぼくと気が合いそうな人って大抵が犯罪者なんだけど、それってどうだろう。

「僕は木曽川《きそがわ》、二十三歳」誰も質問していないのに、男はそう名乗った。しかもぼくと同い年だ。実年齢より若々しい男、木曽川は首をぐるりと巡らせて、他の人の反応を探っているようだった。部屋の隅に寄せられている木曽川と死体、両方から距離を取らないといけないので、鶴ヶ島さんや森永夫妻は狭い室内で大変そうだ。中村青年はここに入った時点から同じ位置に陣取って、神妙そうにしている。

「……………………」首振りを止めた木曽川がぼーっと、唇を半開きにして天井を見上げている。その目は深く沈んだような黒色が目立つ、印象的な色合いだ。

「どうかした？」

「いや、トイレ行った後に縛られたのはタイミング良かったのかなーって」

それは確かに。逆だったら別の罰ゲームが木曽川の中で始まっていたことだろう。

「でも、証拠も突きつけられずに犯人扱いで拘束されるのは納得いかないなぁ」

木曽川が視線を落とし、トウキを見やる。恨みつらみを表立っては感じさせない口調で、台風よりずっと穏やかな調子だ。故に内心、何を考えているか周囲に悟らせない。

「そうですよ」と中村青年が俯きながらぼそっと同意するのが聞こえた。近い位置に座るぼくしかそれは聞き取れなかったらしい。中村青年も他人の耳に入れる気はなかったようで、視線を寄越《よこ》すぼくに対してバツが悪そうにそっぽを向いた。

「証拠はあるわよ。あたし、あなたがあの子を刺し殺すの見てたもの」

またゲーム機に目を落として指先の忙しいトウキが、余裕綽《しゃくしゃく》々に大嘘《おおうそ》を口走る。

見ているはずがない。彼女は昨夜、山ではしゃいだ疲れからか熟睡していた。同じ部屋で寝ていたぼくは、トウキがトイレへ行こうと部屋を出た気配を一切感じなかった。が、しかしそう証言しないと信憑性《しんぴょうせい》ないものな。

トウキの犯人当ては完全に勘で結末だけを悟り、過程については一切思いが及ばないそうだ。故に筋道立てて推理して、床を這《は》いずり回ったり時には殺人犯に襲撃されたりしながら、証拠を必死に集めるということをしないので提示出来るものがない。ハッタリ利《き》かせる以外にないのである。

犯人を察しながら証明する術《すべ》がない。それにトウキもどかしさを覚えているようで、だからぼくを事件へと焚きつける。解答は教えてやったんだから、後は問題の数式をそこへ導けと命じてくるのだ。そうすれば、完璧《かんぺき》な解答がぼくたちの身近に降臨することになる。

「殺害するところを見た。ああそりゃ確かに、本当なら僕が犯人だな」

木曽川が後半部分を強調して、皮肉っぽく発言する。つまりそんな主観など証明になるか、物的証拠出せよと言いたいのだろう。気持ちは分かる、ぼくが反対の立場だったら、『お嬢さん、もう少し近くでお話ししませんか』と立場を利用してナンパする。口にしたら『分かってねぇよ！』と突っ込まれそうな見解だな、と我ながら少し思った。

だけど他の、平穏を求める三人組は木曽川の言葉を自白と信じたようで、鶴ヶ島さんが「良かったですね」と森永夫妻に話しかけて、「ええ、ええ」と三人の頭が同意し合っている。木曽川はその単純さに目を丸くして、それから力なく笑った。「ほ」

と、失笑の声が風船の空気のように漏れて、次第に顔つきが萎《しぼ》んだ。災難だねぇ。

ぼくとしてもめでたしめでたし、って所か。探偵さんの出番もなく人災の方が片付いて、大人《おとな》しく台風一過を待つのみ。疑り深い人が『犯人』で助かった。犯人の疑念を聞く耳を、他の人がマトモに持つことはまずないだろう「ちょっと待ってください。その子の証言をもう少し、詳しく聞かせて欲しい」というぼくの意見は真っ向から引き裂かれた。

ちょっとー。中村青年が弛緩《しかん》した空気をエキスパンダーのように引っ張って再び張りつめさせてくる。椅子に腰かけた中村青年が特に長くない足を組み替えて、トウキに向けて目を光らせていた。その目線が気に入らないので、トウキの代わりにぼくが睨み返した。

「証言って、どういうことですか？　何か問題でも？」

中村青年の言い分を理解しながらも、敢えてすっとぼける。トウキは寝起きのまま、纏めずに下ろしている長髪では隠しきれない頰《ほお》のにやつきを、ゲーム画面に向けていた。

事態が荒れて、クラゲのように漂っているぼくが引きずり出されないかとワクワクしているのだろう。その魅力溢れる笑顔は別のときに見せて欲しいなぁ。

「その子の発言を鵜呑《うの》みにするわけにいかないからです」

　中村青年は名探偵を気取ったように言い切る。鶴ヶ島さんたち三人組（ああ、どんどん森永夫妻が纏められていく）はぼくらと中村青年を交互に見つめて、事態の把握に努めようとしている。萎んでいた木曽川は復活して、「そうだよねー」と中村青年に同意した。

「もう少し具体的に聞かないと、信用出来ませんよ」

「殺人犯の肩を持つわけですか？」

　こういう言い回しなら、鶴ヶ島さんたちが味方してくれないかな。無理があるか。

「ハッキリさせたいだけです。本当に彼が犯人かどうか分からないと納得出来ない」

「いいぞ青年」木曽川が囃《はや》し立てる。唇で拍手するように、パクパクと音なく口の開閉を繰り返した。中村青年は殺人犯に褒められて、満更でもないような表情になっている。

　どうやら彼はこの事件の、探偵役を務めたいみたいだ。いるんだなぁ、こんな人。

「犯行の現場を見たならどうして、すぐにそれを他の人に教えなかったんですか？」

　別に懇切丁寧にお答えしますと承諾したわけでもないのに、中村青年が質問を飛ばしてくる。しかも良い線突いていた。元が嘘っぱちなわけだから、矛盾を生まずに返答を重ねるのはかなり難しい。しかしぼくが代理で答えると胡《う》散《さん》臭さを助長してしまうので、まずはトウキの反応を窺《うかが》うに留めた。トウキがゲーム機を畳んでスリープ状態にしてから、その顔を上げる。頬の緩みは修正されていて、普段の外を出歩く際の顔になっていた。

「怖くて歯がカチカチ鳴って、舌がずっと回らなかったの。人を殺す景色って、終わった後の死体を見るよりずっと怖いのよ」

　怪談でも語るように情感を込めて、トウキがフィクションする（日本語は伝われば文法とか滅《め》茶《ちゃ》苦《く》茶《ちゃ》でもいいと思います）。隣に座るぼくも、へぇそうなんだと納得しかけた。

　でも死体を制作中の現場に立ち会ったことは、ぼくもトウキもないはずだ。何しろそれだと、『名探偵』の本領発揮が出来ないから。彼女の運命はそんな拘りのない奴じゃない。

「そんなに震えていたのなら、一緒の部屋にいた探偵さんは気づかなかったんですか」

　中村青年が話題の矛先を変えて揺さぶってくる。え、ぼく？　と先程の木曽川みたいにキョトンとして、中村青年を見つめ返す。その目は懐疑に満ちていた。ふぅむ。

「戦えルイージ」とトウキが脇腹《わきばら》を肘《ひじ》で突いてくる。ぼくは苦笑をトウキに零《こぼ》してから、仕方なくこの余興に付き合う。嘘は嫌いだし苦手だし、向いてないんだけど。

「いや寒いのかなーと思ってました。この子、寒がりなんで」

だからぼくが抱きついて暖めないと、ってアパートの部屋だったら続けられたのになぁ。人目って罪作りだ。いや世間の基準に当てはめると、ぼくが罪作りなのか？世知辛《せちがら》い。

「寒いって、七月ですけど」

「山の朝は空気が冷たいので」ねっ、と鶴ヶ島さんを見据えて同意を求めた。鶴ヶ島さんはその視線の意味を理解出来ないようで、今は恐れるようにぼくらを見ていた。

「じゃあ朝にこの男が殺害したのを見たんですか？」

揚げ足を取るように中村青年が詰問《きつもん》を続けてくる。どうも木曽川が犯人では、中村青年のお気に召さないようだ。だけどトウキが言い切った以上、ぼくの中で犯人は木曽川以外にない。こんな問答に付き合うのも馬鹿馬鹿《ばかばか》しかった。

「そうねー、朝だったと思うわ」トウキも相手するのが面倒なのか、喋《しゃべ》り方が気怠《けだる》くなっている。それよりもゲームに夢中なようだ。画面を横から覗いてみると、黄色い電気ネズミがトドや貝を蹴散らしていた。というか蹴散らされているのがトウキの方だった。

「むむむ」「いや偏りすぎだよ」「いいの。水タイプが好きなんだから」あ、全滅した。

「んぎー！」トウキ憤慨。可愛いなぁ、腕の中に抱きしめて暴れるのを押さえつけたりしたいなぁと全滅のもたらす味を横から覗いて、ぼくは大変な満足感を覚えた。

「信用しがたいですね、やっぱり」

鶴ヶ島さんたちの不安を煽《あお》る、強風のような中村青年が訝《いぶか》しんでくる。トウキが「構ってあげなさいよ」と肘でぼくを押してきたが、無視した。

「僕は朝、寝ていたんだけど……ってまぁ、誰も信用してくれないだろうな」

木曽川が苦笑する。まるで彼の雇った弁護士のように中村青年が奮闘しているな。もしや共犯、と一瞬考えたけどそれならトウキがそう指摘するだろう。却下。

「ええと結局、どういうこと？」

森永夫妻が中村青年とぼくらの間に漂う、淀《よど》んだ空気の説明を求めてくる。察しが悪いというか、死体を目撃して思考停止に陥っている感じだな。だから人の意見に流される。

中村青年は組んでいる足の上に、指を絡《から》め合った両手を載せて言う。

「その女の子が嘘をついている可能性もあるってことです」

まるで世の心理の裏側を暴《あば》き立てたように、鋭い口調で中村青年が指摘してくる。

あるってことですの割に、嘘と信じ切っているような口調だ。しかもそれが正しい。

この手の人物にありがちな、真実から程遠い間抜けな位置で理屈をこね回している奴とはひと味違うようだ、中村青年。けど犯人まで違うと信じたら、ただの道化に成り下がる。

この青年はそれを回避出来るのだろうか。

「嘘って、どうして？」森永夫妻の夫が、妻とお揃いに思考停止の疑問を口にする。

中村青年は得意げに、勝ち誇るような顔つきで「さぁ、どうしてでしょう」と嫌みっぽく勿体《もったい》ぶる。少し調子に乗ってきた様子だ。逆に木曽川の方が落ち着いて、事の成り行きを静かに見守っている。騒ぎ立てる雨戸の暗闇《くらやみ》を、ジッと見据えていた。

「考えられるとしたら……あくまで可能性の一つなんですけど」

「なになに？」トウキが相手も見ないまま、興味なさそうに相づちを打つ。ついでに腰を回すフリをして、ぼくの脇腹に肘を一撃。もっと対抗して推理合戦しろ、ってわけだ。

ご免被《こうむ》る。ぼくは探偵である自分に誇りを持っているが故に、推理など行わない。探偵とは探し物と捜しもの代行者であり、迷宮入りの謎を解くのは警察の仕事なのだ。

などというぼくの気概など欠片も伝わっていない中村青年は、挑発するように疑心の爆弾を投げ込んでくる。爆発するかは受け止めた者の、心次第。

「探偵さんを含む二人が真犯人、とか」

中村青年の眼光と言葉がぼくらを射抜く。そんなつもりだろう、当人からすれば。ま、確かにこの場でそんな嘘をつくとしたら、それぐらいしか理由はないよな。トウキの性質を熟知していなかったら、ぼくもそれぐらいしか思いつかない。つまり中村青年の発想は凡百。名探偵は夢のまた夢ということだ。ぼくとしても少し残念である。

もし本物だったらサインを貰おうと思っていたのに。いや本当に。

「こちらも証拠はありませんが、嘘をついていたという部分で心証が悪いですね」

別に嘘だって確定していないのに、中村青年の中ではすっかり嘘つき扱いだ。

その中村青年の発言に反応して、鶴ヶ島さんたちがゾゾゾと床を尻で滑ってぼくらから距離を取る。このままだとトウキとセットで容疑者の仲間入りかな、こいつぁ助かる。

殺人犯の可能性を示唆された探偵に頼る人はいないだろう。これで縋られなくて済む。残念だったねとトウキの顔を窺うと、「ムキー」とお怒りだった。また全滅したようだ。

「は、犯人はじゃあ誰なんですか！　そこが大事なんですよ！」

再び鶴ヶ島さんと森永夫妻が距離を取りながら、今度は中村青年にお慈悲の求める相手をすり替える。信仰を失った神様のようなぼくは、ホッと息を吐《つ》いて木曽川を見た。

木曽川は中村青年ではなく、トウキを興味深そうに見つめていた。む、同類の匂《にお》い。譲らんぞ、とばかりにその視線の間に身体を割り込ませると、木曽川は破顔一笑してから、顔をトウキより逸らした。中村青年の方を向く。

「ちょっと待った、結局僕の拘束は解いてくれないのか？」

「別にあなたが犯人じゃないって証明されたわけじゃありませんから」

中村青年が得意顔で突っぱねる。木曽川は「あらら」とさして残念でもなさそうな態度を装《よそお》って、上半身を揺すった。それを見届けてから、中村青年が鶴ヶ島さんに答える。

「犯人はまだ分かりません。今から調べて、明らかにするんですから」

おぉ凄《すご》い、宣言したぞ。自分が謎を解くぜって。どれだけ自信に満ち溢れているんだ、中村青年。最近の大学生は随分《ずいぶん》、ミステリに意欲的なんだなぁ。あんなに意気揚々と取り組むなんて。……でもねぇ。

それって多分、名探偵の心情じゃないんだよなぁ。名探偵って誰よりも自分の身が可愛いから、他の人間を必死に疑って推理を振り絞る人のことを指すんだと思う。

中村青年の自己満足とは異なる、自己保身が先走るべきというか。

「でも、犯人と同じ部屋にいるのは、分からないならやっぱり外に、出た方が、」

「犯人が分からないいんだから、単独行動は誰にも許可出来ません」

「それにトイレまでの廊下の窓硝子もパリンパリン割れていたから、出ない方がいいよ」

森永夫妻の提案に対して、木曽川まで中村青年の頭を飛び越えて答える。殺人犯はいつ襲うか不定期だけど、台風は常に飛びかかってくるからと忠告するように。

殺人犯（疑）の木曽川から話しかけてきたということで森永夫妻は及び腰になるものの、その情報に対しては真摯《しんし》に受け止めたようで、部屋の扉を名残《なごり》惜しそうに見つめる。

「大丈夫です。今から調べます」

中村青年が椅子から立ち上がり、事件解決の為に動き出すようだ。頑張れ若人《わこうど》。

なんて見守っていたら、「うぎゃ」トウキの手に太腿《ふともも》を抓られた。

「ルイージ、本当に探偵？」

「免許制じゃないからねぇ、名乗ってもゲーマーやパチプロと大差ないんだよ」

そう言うと、トウキは拗《す》ねたように唇を尖《とが》らせる。体育座りのように曲げていた膝を伸ばして、背中を壁に隙間なく張りつけた。

「あたしが嘘つきにされちゃったじゃない」

「最初以外は全部嘘だから順当だね。世の中、上手《うま》く出来ているものだと感心」

「ルイージつめたーい。庇《かば》ってくれないの？」

うりうり、と脇腹の皮を服ごと摘《つま》んで引っ張ってくる。結構庇ったと思うんだけどなぁ。

「ぼくの壁としての本領は、台風の風に対して発揮されるということで」

例えば、トウキが暴風に『あーれー』と足を掬《すく》われそうになったら、上からのしかかる。

……ちょっとそこの雨戸、開けて貰えませんかね。

「身の潔白を証明する為に、メースイリ見せつけちゃってよ」

オラオラ、とぼくの背中を平手で叩いて煽ってくる。何だかんだと名目つけて、ぼくに触りたいだけのようだねキミィ、なんて返したら『それはテメーだ』と平手がグーになりそうなので黙って叩かれて悶《もだ》え喜んでいた。

「潔白も何も、ぼくらは犯人を知っている。動く必要ないよ」

台風が過ぎ去って代わりに警察が到着すれば、真実が証明されるだろう。トウキが正しかったと。だから何もする必要がない。ぼくが何も閃《ひらめ》かない探偵で過ごせるのは、この子が側にいてくれるからだ。ただこの子と共にいるが為に、探偵の閃きが期待されるような事件が次々に舞い込んでくるのも事実だけど。自作自演？「ということで、退屈だねぇ」

中村青年は少年の死体の脇に屈んで、傷を確かめているようだった。名探偵は警察の目が行き届かない場所で好き勝手していますな。おもむろに立ち上がってみる。するとは皆さん、ぼくに異常に注目してくれた。少し狙《ねら》ってみたのは事実だけど、単にトウキの攻撃から逃げつつ、部屋の本棚を確認するだけなのであった。ぼくの一挙手一投足に注目しても、本屋で暇そうにしている若者の仕草を確かめるだけで終わるだろう。

鶴ヶ島さんの本棚を上から眺めて、「おっ」気になる小説を発見した。知り合いの名が背表紙に印刷されていたのだ。去年の九月に、ぼくはこの小説家とちょっとした仕事の関係で会ったことがある。大した事件ではなかったけど、ぼくはあのときに初めて指の骨折を経験した。後日、医者に治療に行ったとき、無遠慮に触られて少し泣きかけた。

それはともかく、あの小説家の本がこんな山奥の中年の本棚にあるとは。新人類しか好みそうもない文体だけど、意外に幅広い年齢層に受けているようだ。本当に意外だけど。

せっかくなので、それを手に取って時間を潰《つぶ》すことにした。表紙には以前読んだ彼のデビュー作とは別のイラストレーターが、美麗な年増を描《か》いていた。女子高生の制服を着ていて、どう見ても十八歳前後だった。みんな、育ちすぎたマッシュルームの方が好きなのかなぁ。何だか段々、自信を失いそうになるよ。

トウキの隣に座り込んでから、帽子を被り直す。本を開く。「覚えてる？　この小説家」トウキに名前を見せてみた。トウキは流し目を送るように横目で眺めて、すぐに目を離す。

「うん。確か変な人でしょ」「そうそう」普通の人って知り合いにいないけどね、ぼくら。

何はともあれ、冒頭のプロローグより三ページほど目を通してみる。相変わらず、くどい文体だ。ぜんざいにチーズを足したようなテイストである。これを一字一句、読み零さない読者がいるんだろうか。もしそんな人がいるなら、その熱意に乾杯だ。

ぼくはアルコールの摂取が出来ない体質だけど。「……ん」目に留まる一文があった。

欠点を挙げられないということは、それを理解していないということ。今読んでいるページにそんなことが書かれている。ふむ、トウキの欠点か。ぼくの理想すぎることだな。

そのお陰でつい鼻息が荒くなって彼女に引かれたり不穏な空気を作ってしまう。いやー参った。そうやってぼくが頭を掻いて苦笑すると、お前に参るよって顔でトウキが睨んでくるのがお約束なのであった。さて、ページを捲《めく》るか。ぺらり。「あの！」

「はい？」

捲った直後に叫ばれて、まるで本から声が飛び出したかと勘違いしかけた。本を顔の上に上げて、視界を確保。森永夫妻の奥方だった。なんで下から覗き込むんだよ。山奥の妖怪の誕生に立ち会ったかと思うほど、不気味な声のかけ方を実践した森永奥さんが、大仏様か何かとぼくを勘違いするように、眼球に祈りを込めて見上げてきた。

「あの、あなたは探偵でしょう？　一緒に、えと、証拠を探せばよろしいのでは」

その言葉に、中村青年が不満そうに振り返る。お前も手足縛ってやろうかという目つきで、ぼくを睨んできた。ああ、推理ごっこをやるのに探偵のぼくが邪魔だから、さっきはあんなに嫌そうな顔をしていたのか。暢気《のんき》だなぁ。殺人事件に関《かか》わっているのに。

台風が直撃して、妙に浮かれる小学生みたいな心境なのは、まぁ声の弾み方とかで分かるけどさ。死体を見て興奮するのなら、親類縁者の葬式で推理すればいいのだ。

それはさておきこちらのババ様は、どうしてまだぼくに頼ろうとするのやら。トウキも「行け行け」と側でけしかけてくるし。

「犯人が分かっているんだから、調査も推理も不要でしょう」

「いえでも、」何か言いたげに中村青年の背中を指差す。ぼくはそれに溜息《ためいき》を吐いてから、トウキの頭に手のひらを載せた。サラサラとした髪を撫でる。撫でる。撫でる。

「なに長々と触ってるのよ」ぺし、と膨れ面のトウキに手を打ち落とされた。

「この子が犯行を見たって言っているわけだから、ぼくはそれを信じますよ」

言い分はそれで終わったので、文庫本に目を戻す。ヒロインが死んだ。ひでー。この本、冒頭から二十ページ以内に、四人の人間が死んだぞ。気前よく殺すよなぁ、幾ら登場人物が紙媒体に印刷された文字の羅列だからって。罪の意識とか作者に芽生えないんだろうか。

ぼくの無視によって森永夫妻が不安そうに側を離れる。……ああ、そっか。考えてみれば木曽川が犯人じゃないという中村青年の主張を信じるなら、青年本人も疑わしいからな。それなら探偵に頼った方が殺人事件では安心出来るかも、って発想か。

本から目を離し、少年の死体の方を見る。「お？」屈んでいた中村青年が死体の手をぞんざいに取り、その指を一舐めした。「……………………」

一瞬、外の風が止んだと勘違いするほどに、室内に静寂が満ちた。

その直後、各々《おのおの》から漏れる吐息が掠れ合って、耳に響く。

無論、全員引いていた。

でも当の青年は真剣な顔をして、舌の上に残ったものを吟味しているようだった。

「石鹸《せっけん》の味がする」

中村青年は舌をべっと外に出しながら、苦々しそうに呟く。ふぅん、石鹸。手洗いはした後に殺害されたって言いたいのかな。それとも少年が綺麗《きれい》好きと証明したいのか。

どっちを証明しても、何の意味もなさそうだけど。でも名探偵だったら、上手く推理にこじつけるんだろうなぁ。いやはや、名探偵は突拍子もない情報から鮮やかに真実を見出《みいだ》さないといけないわけで、難儀なものだ。その為なら死体も味見するぜ、とくればぼくの推理拒否も皆さん、納得してくれるのではないだろうか。

「鶴ヶ島さん、ちょっといいですか」

中村青年がペンションの経営者を手招きする。死体の側、その亡骸《なきがら》の指を舐められる青年の元へ、ということで鶴ヶ島さんは二の足を踏む。「早くしてください、犯人知りたいんでしょ」脅すように言うと、鶴ヶ島さんは渋々といった顔つきで「何でしょう」と答えた。「この刺し傷、ペンションにある刃物類と一致しますか？」と死体の腹を指差す。

鶴ヶ島さんは真っ向から切り開かれた人体の内部など見る気にならないようで、ほとんど見向きもしないままに「さ、さぁ」と声を上擦《うわず》らせる。中村青年は露骨に舌打ちを漏らして、業《ごう》を煮やしたのか（カルシウムが足りていないネ）「確認してきます。鶴ヶ島さんは他の人から目を離さないでください」そう注意を残して、果敢に部屋の外へ飛び出していった。おいおい単独行動は駄目なんだろう、と咎《とが》める暇もない快速で。残された鶴ヶ島さんたちは、ぼくらや木曽川という殺人犯の容疑者の顔色を、首をぐるぐる、忙《せわ》しそうに窺ってくる。中村青年が不在で不安なのか、それは面妖な。だってぼくらが殺人犯で、少年以外にも手にかけるつもりだったら、もしここに中村青年がいても凶行を止められないと思うんだけどなぁ。行動力とかミステリへの愛はさておき、腕っ節は今年で五十四歳になるウチの所長にも劣っていそうだし。あの人の体重を利用したぶちかましは侮《あなど》れない威力を秘めているのだ。

「あの中村って青年は、僕に惚《ほ》れているのかな」

　廊下にも吹き荒れているであろう風にガタガタと揺らされている扉を見つめながら、突拍子もない発言で木曽川が存在を主張する。全員、沈黙しながらも耳が大きくなる。

「あんなに頑張って僕の無実を証明してくれるなんて。僕はどうアレに応えるべきか、悩んじゃうぜー」

　語尾をおどけさせて、くすぐったそうに笑う。どうやら場を和ませようと放った、木曽川流の冗談だったようだ。ＴＰＯを無視したジョークに場は凍り付いているけど。

「いやね、僕なりに彼の熱心さに敬意を表したかったんだ」

「どんな自分らしさを打ち出した発言だったんですか、今の」

　思わずその弁解に返事をしてしまう。木曽川は話しかけられたのが嬉《うれ》しかったのか、身体をもぞもぞとくねらせる。その揺れる頭部は音に反応して躍る花のようだった。

「どんな状況でも冗談を口に出来る人が素敵だ、ってこの間、雑誌で見たからさー」

「そんな尖った発言は冗談から逸脱しています」

「世間の笑いのツボを綺麗に突くのは難しいなぁ」

「いやぁ存在自体が冗談みたいなんですけどね、人殺しなんて」

なんて、殺人犯（かも）とフレンドリーに会話するぼくも仲間とか、同類と思われてしまったのか。それは心底、心外なのだが。

結局、鶴ヶ島さんや森永夫妻も部屋を飛び出して、中村青年を追っていってしまった。台風∧犯人の恐怖の図式が成立した瞬間である。他の人から目を離すなって中村青年に言われていたけど、鶴ヶ島さんはそれを破ったわけだ。まぁでも先に単独行動を取ったのは青年の方だから、非難される謂《い》われはないって心境なのかも知れない。

別に犯人を明らかにしなくても同じ部屋で全員がジッとしていればいいのに、なんてこれまで、探偵漫画やミステリ小説を読む度に一読者として突っ込みを入れてきたけど、今身をもって知った事実がある。中村青年の迸《ほとばし》るパッションが、ぼくにそれを教えてくれた。ああいう嬉々《きき》として場を乱す青年がいるから、この世のミステリは成立する。

名探偵は、縁の下の力持ちである中村青年のような登場人物に、金一封でも渡すべきだ。

「部屋に三人きりになったね」

木曽川が人懐《ひとなつ》っこそうな態度で、制約のない日本語を飛ばしてくる。死体の少年も転がっているのだから、四人きりだろう。『きり』って言葉の価値が崩壊しているけど。

ゲーム機の電源を切ったトウキが顔を上げて、ぼくをせっつく。

「ルイージもなんか事件の現場とか検証してきたら？」

「ぼくは死体の指を舐めたくないよ」まぁでも、一応、そうだな。立ち上がる。持っていた文庫本は床に置いた。栞《しおり》を挟まなかったけど、続きはその内、自分で買って読むかも知れないので気にしない。

「あれ、本当にやる気になったの？　トウキちゃん、ちょっとビックリ」

「はっはっは、任せろぃ」

死体の側まで行ってから、合掌《がっしょう》した。「ズコー」とトウキの失望した呟きが背後から聞こえてきた。でも、こういうのも大事だろう。特に信心している神様もいないし、あの世の存在も疑わしいと思っているけれど、少年の霊前に祈る。生前に少年が自身に価値を見出せていたことを、願う。まさか少年もこんな山の上で自分が死ぬとは思わなかっただろう、自殺でもない限り。

「変わった探偵さんだな。探偵って、人が謎な形で死ぬと喜んで推理するんじゃないの？」

世間で描写され続けている『名探偵』に毒された発言をする木曽川に対して、少年に祈りを捧げたまま答える。ここはあまり無視出来ない内容だった、現役探偵として。

「偏見全開ですね。生憎と、ぼくはそういうので存在意義を確立させている探偵じゃないんですよ」

花咲太郎というのは襲名した名で、ぼくは三代目。歴史がやたら新しいのはさておき、花咲太郎という探偵としての信念は、『地に足が着いている』ということだった。

離れ業のように知性の閃きを追究することなく、なくしものや迷子で困っている人を助ける。或いは人間関係のいざこざを調査して、依頼者の悩みを解消する。それを一番とする。

足を目一杯使って、街の便利屋さんにでもなればいい。殺人事件ではなく、生きている人たちの些《さ》細《さい》な事件を取り扱っていこう。ぼくはその考え方に真っ向から同意する。

だから花咲太郎として、犬や猫を捜索する仕事を志したのだ。そこに至るまでの経緯は色々とあるのだがここでは割愛。

「ふぅん」と木曽川があまり興味なさそうな反応を示す。今の木曽川はぼくではなく、トウキに注目しているようだった。む、よろしくない予感がする、様々な意味で。

「そこのお嬢さん」

「なに、おじさん」体育座りを崩したトウキが屈託なく答える。

「君って本当に僕の犯行を見たのかい？　後、僕はおにいさんな」

一遍に片付けるには些《いささ》か食い合わせの悪そうな質問を重ねる木曽川。トウキはぼくの顔を一瞥してから、クスクスと少女的な笑いを浮かべる。

「見てないわ。でもあなたが犯人だって分かるの、何となく」

「……エスパー？」

トウキの保護者とでも認識しているのか、木曽川がぼくに彼女の能力について見解を求める視線を寄越してくる。ぼくだって、起きうる現象を理解していても、その源泉など分かるはずがない。無言のまま頭《かぶり》を振って、木曽川への返事とした。

「働かない探偵に、謎少女。良い取り合わせだ」

「お褒めに与り恐悦至極。相性いいんだってさ、ぼくたち」

ニコニコ顔でトウキに喜びの旨《むね》を伝える。トウキはジト目で「イロモノ扱いされただけじゃない」と無愛想に突っぱねてきた。照れ屋なのか、本心か。長い付き合いの中で、トウキの心情は手に取るように捏造《ねつぞう》出来るようになっていた。だからぼくは駄目なのだ。

「おじさん、あの子を殺したんでしょ」

トウキが死体の少年を指差しながら、無邪気に質問する。木曽川が一度、噴き出した。

「あー」逡巡《しゅんじゅん》したように目が泳ぐ。何かを計算するような間があった。そして一度小さく顎《あご》を引いてから「うん。僕が殺したよ」犯人であることを認める。「で、おにいさんな」

最後の訂正については無視して、トウキが拗ねたように膨れてぼくを睨んだ。ほら、またあたしが犯人当てちゃって、ルイージなーんにも推理とかしてない。そう咎めているのだろう。正に以心伝心である、応えないけど。

「何か少年に恨みでもあったんですか？」

トウキの側に戻りつつ、そのお咎めの視線をごまかすように木曽川に尋ねた。さして興味はなかったので声色に熱はなかったけれど、木曽川は真面目《まじめ》そうに答えてくれた。

「いや実は僕、殺し屋さんなんだ。先日、その少年を殺して欲しいって依頼があってね。依頼主とか動機については、生憎と守秘義務があるから話せない」

「えー、ケチー」「別に聞きたくないです」トウキと意見が分かれる。その影響で彼女と軽い睨めっこになる。「ケチだよね、あのおじさん」即座に迎合した。ぼくが仮に仕事の依頼人のことを誰かに問いつめられたら、積極的に話すことはあり得ないだろうけど、それはそれ。ロリはロリ。

「プロ意識があると言って欲しいね。あ、話早めに進めていいかな。中村君その他が帰ってくる前に終わらせたいんだけど」「ああ、どうぞ」別に殺人犯と話すことないけど。

まして男が相手では。トウキと仲良くお喋りする方が遥《はる》かにぼくの心を潤すだろう。

「本当は殺してからすぐ逃げるつもりだったけど、台風で外に出られなかったんだ。いやはや、僕が手を下さなくても少年が暴風雨で事故に遭ってお亡くなりになったんじゃないか、ってぐらいの天災には参るよ。山なんか登るもんじゃないな」

「はぁ、でも自然の雄大さは味わえますよ」

同意すると、山登りを提案したトウキに悪い気がして滅茶苦茶に褒め称《たた》える。

そこで愚痴を切って、世間話の後に本題へ入るように、木曽川が提案してきた。

「それで物は相談なんだけど、僕は今から逃げるので見逃してくれない？」

「……ぼくは無力な市民ですけど、その頭に善良なとつくことが密《ひそ》かな自慢なんですよ」

殺人犯を見て見ぬふりするのは、悪意が含まれているんじゃないですかね。「ここで逃がしてくれるなら君たちに危害を加えないし、後で警察に通報しても構わないから。このタイミングで僕を逃がすのが、全員で幸せになる最善の策だと思うよ」

「それってつまり、他の人もみんな殺すってこと？」

トウキが尋ねる。そこへ間髪入れずに木曽川が、「ばららー」と手品の種でも明かすように、手のひらを掲げてみせる。……縛られていたハンカチを外して。ぼくはジェラルミンケースを前面に構えながら、トウキの盾となるように立つ。その露骨な警戒に木曽川は「まぁまぁ」と手を振って友好を示す。「もっと強く縛らないと駄目だよ」と忠告しつつ、「どうして僕が殺人について全部話したか、お分かり頂けただろうか」

「結局、力ずくでも逃げ出すことに変わりないから情報を開示して、無血交渉？」

「大正解」

頷《うなず》きつつ、木曽川が腰と服の間から取り出したのはナイフのように刃の短い、鋭く研がれた柳刃《やなぎば》包丁。サラシを外して、その刃で足の拘束を切り裂いた。「うぃー。尻の肉が痛い」と愚痴りながら木曽川は悠然と立ち上がる。「うげー、殴られた所はもっと痛い」そいつは皮肉だろうか。

「どうだろう？　僕も出来れば、依頼以外の殺人は遠慮したい。僕は殺し屋さんだけど、殺人鬼の性癖は持ち合わせてないんだ」

包丁、恐らく少年を刺した凶器を構えながら木曽川が、根底は善意であるように言い繕いながら、見逃しを強制してくる。死をちらつかせての提案はどう好意的であろうとも、脅迫に等しい。「……うーむ」どうしようかな。悩んでいる時間はないけど。

中村青年たちがもう帰ってきてもおかしくない。そして扉が開いた瞬間、まだぼくが承諾していなければ木曽川はさし当たって中村青年ウィズ鶴ヶ島ーズを手にかけるだろう。後はぼくとトウキの腹を裂いて、ペンションの死体は一から七に膨れあがる。

そんな未来が容易に想像出来る。双肩にかかる命は重い。はずだ。

トウキの顔を窺う。トウキは「任せるわ」と言って、怖じ気づいている様子はない。死体と向き合いすぎて、この子は少し感覚が麻痺《まひ》している。教育には良くなさそうだ。

「……うーむ」もう一度、同じ間隔で息を吐いて唸る。

この場にぼく一人なら何だかんだで立ち塞《ふさ》がるけど、トウキが側にいるからなぁ。自分の正義感と大切な人を天秤《てんびん》にかける気はなかった。

「いいよ、見逃します。どうぞお逃げください」

どうぞどうぞ、と追い払う仕草を手で見せた。木曽川はぼくの出す結論を察していただろうに、わざとらしく肩を落として安堵《あんど》の息を吐き出す。嫌みな奴だ。

「あーあ、逃がしちゃうんだ。ルイージは悪い子だなー」トウキが揶揄《やゆ》してくる。ぼくとしても出来れば捕まえたいところだけど状況がそれを許さないので、「こんなのお部屋に飼っちゃいけません」と適当にごまかすほかなかった。

「では交渉成立なので、早速逃げるんるん」ご機嫌で木曽川は部屋を駆ける。中村青年たちとの鉢合わせを考慮してか、木曽川の選んだ逃走経路は窓だった。窓を開けて雨戸を持ち上げて、「うひゃー」風雨で顔をベチベチと叩かれる。室内にも当然、雨が小さなコップで汲《く》んだのを放り投げてくるように入り込み、床を打つ。しかもその音には水だけでなく、コップごと叩きつけてくるような、破裂と亀裂《きれつ》の音が混じっていた。外に見える雄大な木が、根っこを地面の外に出すほど仰《の》け反りながら、土俵際の力士みたいに粘っていた。

木曽川が暴風に抗《あらが》いつつ、窓枠に足を載せて外へ飛び出す。着地に失敗したのか、「のわ!」と叫びながら転がっていった。それからややあって立ち上がった木曽川が、「あ、雨戸、閉じといてね!」風の音に負けないような大声での叫びで後処理を丸投げしてくる。ぼくが不承不承に頷くのを見届けてから、「じゃ!」と律儀《りちぎ》に手を振り、走り去っていった。人に裁かれなくても自然に裁かれる系で死にそうだけどね、こんな山中彷徨《さまよ》っていたら。などと同情なく思いつつ、雨戸を下ろしに走った。

「それとあの中村って青年にお礼言っておいてくれ！」「うわ！」ひょこっと、木曽川が窓の横から顔を飛び出させてきた。雨に髪をべったべたにされた男によって、ぼくの足が驚きを原動力に飛び跳ねる。木曽川は左肩と顔を泥でべしゃべしゃに染めて、未開地の部族みたいになっていた。柳刃包丁より槍《やり》が似合いそうな顔つきで「わはは！」とぼくの狼狽《ろうばい》を笑う。狙ってやがったな、こいつ。「改めて、じゃ！」

二度と来るな、と塩を撒きたい気分で木曽川を見送った。ペンションの壁沿いに移動している。まぁあいつのことはどうでもいい。問題は雨戸だ。「結構重いな」と呟こうとして口を開けた瞬間に横殴りの雨水が喉《のど》の奥へ飛んできた。喉の様子を確認しようとした医者に、そのまま指先で奥を突かれたような痛みが走る。不快だったけど、トウキの前では格好つけてそれを表に出さず雨戸を下ろし終える。そして硝子窓を閉じて鍵《かぎ》をかけようとしたその瞬間、ドカドカドカと廊下を蹴るようにして、びしょ濡れの中村青年が部屋に飛び込んできた。その後ろには、鶴ヶ島ーズも控えて。木曽川との無駄な会話が一つでもなければ、間に合っただろうにと妙な後悔がぼくの胸をよぎった。でも、何に間に合うって思ったんだろう。木曽川の後始末が終わって、大人しく座っていることで一区切りがつく、とでも考えたのだろうか。自分の中にある規律みたいなものが、時々分からなくなる。

何だか、誤解を受けそうなポーズのままぼくは固まった。中村青年も目を見張る。その手にはペンションのキッチンで使っていると思《おぼ》しき、プレス包丁が握られていた。

「何してるんですか」それはこっちが聞きたい。ぞろぞろと部屋に入ってきて、濡れた肩を震わせる四人組の手にはそれぞれ、刃物が握られていたのだ。鶴ヶ島さんは細長いパン切り包丁のようなものを、森永夫妻は夫が果物ナイフ、妻が切れ味鋭そうなハサミを所持している。武装した集団、と大げさに表現するほどでもないけど、その範疇《はんちゅう》に引っかかっているのは間違いない。ぼくは窓から手を離して、床に置いたジェラルミンケースとトウキの元へ足早に戻る。「動かないでください」と中村青年が命令してきたが無視して、トウキの前に壁となるように立った。ジェラルミンケースもついでに握る。攻撃を防ぐという点で、この硬い鞄は便利だった。拳銃《けんじゅう》以外なら、ある程度は防御出来る。

トウキはさほど怖がっている様子もなかったが、大人しく立って、ぼくの腕の後ろに回った。頼られている、という感慨が湧《わ》いてついにやけてしまう。

「もう一度聞きます、何をしていましたか」

包丁をちらつかせながら、中村青年が質問を繰り返す。木曽川より迫力はないが、病的な雰囲気なら勝っているように思えた。本職より危険を感じさせるなんて、凄いぞ中村青年。

ここでぼくが木曽川に倣《なら》ったような冗談として、『ちょっと空気が淀んでいたので換気を』と説明したらどんな顔をするだろう。そのままの顔で包丁を突き出しそうだな。

「そっちこそ、何ですかその刃物。危ないですよ、そんな風に持って歩いたら」

転んだら自分に刺さるじゃないか。だがぼくのそんな心配は杞憂《きゆう》とばかりに、中村青年が冷たい視線で対峙《たいじ》する。

「死体の傷に合うか検証しようと持ってきたんです」

それならわざわざ、四人の手で一つずつ持ち運ばなくてもいいだろう。

「ぼくらの分は？」試しに聞いてみた。

「刃物がこれだけの数しかないんです」

スネ夫かお前は。トウキが含み笑いに苛《さいな》まれているのが、振動でぼくの腕に伝わった。

「あの、」と鶴ヶ島さんが中村青年の服の袖《そで》を控えめに引っ張る。中村青年はぼくらに向けるような冷淡な眼差《まなざ》しで振り向き、「何ですか」と苛立《いらだ》たしげに用件を伺う。

ぼくへの問いつめを邪魔されるのが気にくわないようだ。

「あの人、いませんよ」と鶴ヶ島さんが部屋の隅を指差して進言する。中村青年は気づいていなかったのか、「はぁ？」と緩慢な動作で、鶴ヶ島さんの指の先を目で追った。そして驚愕《きょうがく》に目が『クワッ！』となる。目の下を指で引っ張って、赤く充血している部分を全《すべ》てさらけ出すように。それから中村青年は、刃物が手にあることも忘れたように腕を振って、激しくぼくに向き直る。他の三人の誰かが背後から青年を刺して、少し血の気を引かせてくれないものかな。

「どういうことですか！」唾《つば》を雨のように飛ばす中村青年。

「逃げました」

「あぁ？」中村青年の眉《まゆ》が吊《つ》り上がる。怒りと困惑を両立させて。

「彼が犯人で、凶器の刃物を持ってぼくたちを脅したので、やむを得ず見逃しました」

作文か英語の例文風に抑揚なく、正直に申告する。「嘘じゃないよね」とトウキにも同意を求めた。「そうよ、ルイージが格好悪くビビって逃がしたのよ」とフォローしてくれた。むしろぼくを貶《おとし》めるとかなじるのが目的のような言葉選びだったが、まぁ事実だし。

「逃げたってどういうことですか！」「いやだから彼が犯人で」「冗談じゃない！」と中村青年が髪を掻きむしる。刃物より青年の方がインスタントに危険そうだ。

「逃がしたって、共犯じゃないですか！」

「いやその理屈はおかしい」

　ぼくは手を横に振って否定する。コンビニ強盗の脅しに屈して、鞄にレジの金を詰めたらその店員は同罪か？　そうじゃないでしょう。後、共犯と聞いて後ろの三人は怯えないように。

　中村青年がぼくらの前を横切り、窓の側に近寄る。通り過ぎる際、相手もぼくも露骨に警戒していた。だって刃物が怖いから。

　中村青年が屈んで、雨に濡れた床を手で撫でた。今度は舐めたりしないんだなぁと見守っていると、中村青年が冷めた目で見据えてくる。

「床の濡れ方が新しい。ついさっき、窓を開けましたね」いやそうやって一々検証しなくても分かりそうなものだろう、ぼくが窓の側で固まっていたんだから。

　何処までも探偵気取りな中村青年が立ち上がり、包丁を中段に構えつつ詰問してくる。

「あの男が刃物を持っていてそれで脅して逃げた、と仰いましたね」

「うん。ああ、あなたにお礼が言いたかったそうです」

「礼？　ってなんですか。そんなもの、あの男に言われる覚えはない」

「さぁ、ぼくにも分かりかねますけど」

多分、他の人を引き連れて場を離れてくれたことじゃないですか。

「とにかく逃げた、かはともかくいなくなったのは事実です。だけどそれが不思議だ、あの男は何を考えているんでしょう。この台風で、外に逃げ場はないのに」

中村青年がぼくだけでなく、鶴ヶ島さんたちにも推理っぽいものを語り出す。確かに、今の状況で外に出たら確実に死ぬだろうな。つまり木曽川は、何処か行く当てがあるのかな。昨日は随分と山を彷徨《うろつ》いていたようだけど。

「それでも男は窓を開けて逃げた……というのは、何だか怪しいわけですよ」

「えっ？」そこを疑うの？　ぼくがとことん嫌われているのかな、ひょっとして。

「え、え、どういうこと？」森永夫妻が中村青年の理想通りに混乱する。理解してしまったら、説明する快感が味わえないからな。鶴ヶ島さんも、青年の説明に縋りたそうにしている。

中村青年は若干、興奮したように頬を紅潮させながら得意げに口を開いた。

「そちらの探偵さんが窓を開けたのは本当ですけど、あの男はそこから外に逃げなかったんです。多分まだ、このペンションの中にいます」

「なんだってー」トウキがぼそぼそと、ノリ悪く反応した。横を向いて肩をふるふると小刻みに揺らしている。滑稽《こっけい》なのだろう、青年の様子が。まぁ笑ってくれるな、名探偵。

「ど、何処にですか！」森永の妻（ウルトラの母みたいだ）が背後を大げさに振り返る。こういう反応を示す人がいると、中村青年も探偵ポジションが楽しくて仕方ないだろうな。

「風雨にずっと晒されているわけにもいきませんから、行き先自体はある程度絞れます。でもその前に、共犯者として非常に疑わしいこの二人をどうするか、です」

　矛先と、包丁の切っ先をぼくらから外さない。ぼくらに恨みでもあるのか、中村青年。入り口にまだ固まっている三人を一瞥すると、鬱血しそうなほど強く、刃物の柄を握りしめて唇を引き締めていた。話術で説得して寝返らせる、というのは無理そうだな。

「疑わしいって、ぼくは一つも嘘ついてませんよ」

「嘘ついてますって言うわけないでしょ」トウキに突っ込まれた。こら、味方しなさい。

「それにぼくやトウキは最初から、木曽川が犯人だって主張してきたんですけど。普通、共犯なら教えないと思います」

そのぼくの説明を、中村青年は鼻で笑う。ふふん、とか言い出しそうな顔だった。

「違いますよ、逆です。彼が犯人だって最初から主張していれば、男に脅されて逃がすのを手伝ったって説明しても違和感ないと思ったんでしょう」

おー、と鶴ヶ島さんたちがその解釈に感嘆の声をあげた。

ああ、そういう解釈もあるな。中村青年も伊達《だて》に穿《うが》っていない。これには反論出来なかった。で、ぼくの沈黙を正解と捉えたらしく、益々《ますます》得意満面になる。誰が、と敢えて言わない。「以上のことから俺はあなたたちを、全く信用出来ない」

ミステリの登場人物が失敗する常道は、『疑わしきを罰せ』なんだけどなぁ。

「じゃあ、どうすると？」

「先程の男同様、行動を制限させて貰います。今度はもう共犯者がいないから、大丈夫でしょう」後半の言葉は、鶴ヶ島さんたちを安心させる為に口にしたようだ。

ホッと、三人の顔に露骨な安堵が浮かんでいる。おいおい、信用していいのかよ。

そもそも中村青年が単独行動を取ってぼくら三人を部屋に残した点については一切触れられることなく、そんなどうでもいいことよりトウキの手足を縛るだと！　「……

むぅ」「なにその涎《よだれ》垂れそうな顔」「いや背徳的で道徳的にけしからんなと」「変態」「違う、ぼくはロリコンだ」「どっちも一緒よ」「全然違う。ロリコンは変じゃない」「態なの？」「そう」

などと変態議論を重ねているうちに、ぼくらの手足はごっつんこしていた。ぼくは刃物を突きつけて迫る集団に、取り立てて抵抗しない。流石に殺す気はないようだったけど、抵抗したら素人《しろうと》の刃物が何処に振り回されるか分かったものじゃない。

トウキが不在だったら、取り敢えず中村青年を叩きのめせば他の三人の戦意や抵抗の意思を削《そ》ぐことは簡単だろう。あ、今もそうすれば良かったかな。ジェラルミンケースでガツーンと、野球ならファールボールになりそうな角度のフルスイングで、中村青年の頭部を打ち抜く。……いいや、面倒だし。台風が来てはしゃげるのは子供だけです。

ぼくの手足はその中村青年が担当する。他の人にこの作業は任せられない、とばかりに念入りな手つきだった。作業の途中、中村青年がぼくを訝しむ。

「これをあの男がどうやって外したか、という疑問もあります。きっと、あなたが外したんですね」

「いや縛り方が緩かったらしいですよ」

「じゃあキツくしておきますね」

ぼくの言い分を全く信用しないまま、中村青年が手首を強く縛り上げた。

作業を終えて、中村青年が鶴ヶ島さんたちにテキパキと指示を出す。

「キッチンの地下貯蔵庫なら風雨も大丈夫でしょう。あそこには食料や飲み物がありますし」それがなければ逆に、ぼくやトウキを地下に閉じこめたんだろうなぁ。

「え、こ、ここにいるのは？　地下は、何だか、不安」森永夫妻おどおど。

「共犯者と一緒の部屋にいてもいいんですか？」

中村青年がぼくとトウキを顎で指し示す。森永夫妻は地下とぼくらを天秤にかけての答えが出ないのか、青年の質問に即答出来ない。

「犯人を危険だからと殺すのなら、俺たちも犯人と大差なくなります。捕まえて、警察に引き渡さないと。だからここに放置しておきます、異論は？」

中村青年が自分の意見をさっさと呑めとばかりに睨んで押し通す。

「あ、でも！　この人たちをここに置いて出たら、さっきの人が助けに戻ってくるんじゃないですか！」森永夫妻が自らの発見を少し得意げに叫ぶ。

「逃げる気があったら、初めから一緒に出て行っているでしょう」

「じゃあどうして、ぼくたちはここにいるんですか？」

中村青年の反論に異議というか質問を挟んでみる。振り返った青年は鼻で笑った。

「人殺しの考えることなど、分かるわけありませんよ」

ぼくも名探偵の盲信の根拠が分かりませんねぇ。

そうして森永夫妻は黙りこくり、目を左右に揺らすのを取りやめて俯いた。

「ただ、地下にあの男が潜んでいるかも知れません。注意していきましょう」

「で、でも、あの男って、人殺しなんです、けど、」誰かがそう物怖じを訴える。

「ぼくが先頭に立ちますから。行きますよ」

中村青年が、足の重そうな鶴ヶ島さんたちの背中を押して部屋を出て行く。去り際、ぼくらへと振り返って「警察の到着を楽しみにしていてください」と自信満々に言い放った。

中村青年が大恥をかくのは確かに楽しめそうだけど、趣味が悪いかな。だからぼくは、

「早く晴れるといいですね」

社交辞令のように、誰もが願うことを口にした。

きっと、死体の少年もそう願っているはずだと信じて。

中村青年が「本当に」と短く答えて、扉を閉じた。廊下に四人が消える。あれ、刃

物と刺し傷の確認はいいのか？　まぁ犯人が決まったら確認の必要なんかないだろうけど。

でも名探偵を気取るならツメが甘いな、青年。もっと拘らないと。

何はともあれここでやっと、木曽川が逃げ出してからの息が詰まる数分を終えて、ホッと一息。

「やっと二人っきりになれたね」他の状況で使いたい台詞《せりふ》である。

「ほんと。知らない人と同じ部屋にいると、疲れるもの」

トウキと顔を見合わせて、笑い合った。でも直後、トウキだけが不機嫌面に舞い戻る。

「ルイージが何にもしないから、結局、犯人にされちゃったじゃない」

「中村青年が予想以上に張り切ったからねぇ」いやはや、行動力だけは満点だ。

「せっかく最初に犯人教えてあげたのに。あんなヘボに推理で負けないでよ」

「負けたつもりはないけど、ここまで状況を動かされたら負けなのかな」

「縛られてるのに勝ち！　とか言えないでしょ」

トウキがぷんぷん、と頬を膨らませる。むにむにと手のひらで包んで愛《め》でたい。あ

あでも手が動かない。誰だ縛った奴は。ぼくとトウキの仲に嫉妬《しっと》した奴がこのペンシ

ヨンにいるのか。そっちなら、求められれば喜んで推理するのにな。

「でも、何でぼくにそんな推理して欲しいわけ？」

尋ねると、トウキはプイッとそっぽを向きながらも、低い声で答える。

「だって、あたしの側にいる人なら格好いい方がいいに決まってるもの」

「むぅ……」

そういえば前にもそんなこと、話して貰ったことあったな。応えたいけど、でも。

「うーん」

ぼくは、そういう探偵に憧《あこが》れないいんだよなぁ。ひょっとして、刷り込みかも知れない。

天井を見上げる。電気を消さないで去ってくれたことはありがたいなぁ。

「お？」

雨戸に木でもぶつかったのか、激しい音が立つ。怖い怖い。でもその後にも、音は流れるように続いた。木々がわざわざ、雨戸を外から開ける行動には出ないだろう。

ガラガラガラ、と雨戸が開いて「あっ」窓ににやけ面が映る。

窓の鍵はかける寸前に手を離していたから、外からでも開けることは容易だったようで。

窓に映り、外より出《い》でし者は木曽川だった。

「やぁ！ しっかり捕まってるみたいだね！」

陽気な調子でぼくらの現状を笑ってきた。その腕の中には大量の食料や飲料類が抱きかかえられている。頂点にあるハムに顎を載せて押さえつけながら、木曽川が悪戯《いたずら》の成功後のように微笑《ほほえ》んだ。……ああ、中村青年は一つ、推理ミスをしているんだな。

もしぼくと木曽川が共犯なら、後でこの部屋に救助に訪れると考えるべきだったんだ。中村青年の中では木曽川が主犯で、ぼくとトウキは捨て駒《ごま》扱いだったのだろうか。それとも木曽川ではなく、ぼくらを主犯と見て安心しきったのか。

とにもかくにも、中村青年の推理には仲間意識というものが欠けているようだった。

「ペンションの冷蔵庫から拝借。サービスが悪い宿だから、せめてこれぐらいの物資は恵んで貰わないとね！」

「へぇ」中村青年の推理、意図は違えどペンションの中にいたっていうのは合ってたみたいだぞ。捨てたもんじゃないな、当の本人はあまり喜ばないだろうけど。

そして逃げたはずの木曽川が、再び部屋に上がり込んでくる。なんだなんだ？

木曽川は一旦《いったん》、床に食料品の山を築き上げてから、自由になった手にサラシを外した柳刃包丁を握る。ぐわっ、やられたでござると死に際の台詞を脳の中で用意しつつも、背中に氷柱《つらら》を突き刺されたような恐怖に、目を剝《む》く。木曽川は包丁を振り、ぼくと繋がる何かを切断した。手枷《てかせ》だった。ついで足枷もイジイジと不慣れそうに切ってしまう。

「…………………………」「あ、お礼はいいよ」初めから言うつもりはない。こいつが逃げた所為で拘束されたのだ。トウキの手枷、足枷はぼくが解《ほど》いた。「足首べたべた触んないでよ」「いや靴のサイズを検討しているだけ」「じゃあ指をにぎにぎするのは？」「用意する指輪のサイズを確かめているのだ」「首輪つけるぞこの野郎」

などとぼくたちがじゃれ合っている間、木曽川は携帯電話のカメラで死体の少年を激写していた。その珍しいような、好奇心に準じれば普通かも知れない行動に少し注目する。「慌てて逃げ出したから忘れていたけど、殺したっていう証拠が欲しいって頼まれていてね」パシャリ、と二枚か三枚ほど被写体の角度を変えて撮影して、「よしっ」と木曽川が振り返った。そして風吹き荒れる窓の方を親指で示す。

「少し下りたところに、風雨を一晩凌《しの》げそうな穴ぐらを昨日見つけたんだ。そこで一緒に下山の機会を待たないか？」

「……随分と原始的な宿への呼び込みですね」

でも包丁を持ちながらの勧誘はバッドです。

「安心するのだ、この山には熊などいない。って昨日、鶴ヶ島さんが言ってた。猪《いのしし》ならいるかも知れないけどな、見つけたら捕まえて鍋《なべ》にするか、売ってしまおうぜ」

「熊はいないけど殺し屋さんがいますからね……どうしてこんな提案を？」

「さっき、僕を見逃せばみんなが幸せになれる、と説明してしまったからね。だから君たちが不幸になるのは、何というか、僕の美学？　みたいなものが納得しない」

美学、ねぇ。トウキと顔を見合わせる。トウキは面白くなさそうに言った。

「嘘発見器じゃないのよ、あたし。顔見られても分かんないから」

「まぁそうだけど。でも、相談は出来るよ。どうしよう」

「ルイージに任せる」そう言って、膝を抱えて丸まる。

「うぅん」木曽川を見上げる。「グワシ！」とかやっていた。「……うぅん」額に手を当てて、別の意味で唸った。

本気で殺害する気なら、手枷、足枷を解かずに心臓か喉あたりを刺すだろう。山中を彷徨わせて衰弱死させることも、本人が同伴しての行動なら考えづらい。

「…………」

何より中村青年という『名探偵』の方が、殺し屋さんよりよっぽど恐ろしい。

「行こう」

トウキの手を握り、窓の方を向く。トウキは「えー、服ドロドロになるし」と女の子的な視点から愚痴を呟くものの、ぼくの手を拒否することはなかった。「これお気に入りなのに」まだ言っていた。「仕方ない。穴ぐらではぼくの上で寝なさい」「ちょあ！」蹴られた。

「寝袋もペンションにあったから持ってきてるよ」と嬉しくない報告を木曽川が口にした。

「でもそっちも覚悟はしておいてください」

木曽川の耳に口を寄せて、そっと忠告する。「何が？」と木曽川は首を傾《かし》げた。

「トウキ……この女の子と関わると必ず、ろくでもないことが降りかかるんですよ」

「ふぅん……じゃあまぁ取り敢えず、夜の歯軋《はぎし》りが酷《ひど》くないことを願っておこうかな」

冗談か軽い脅しとして流したようだ。まぁいい、ぼくが苦しむわけじゃない。

それから木曽川を先頭に、鶴ヶ島さんの部屋から脱出する。外に出て荒れた地面や、飛び交う土の小さな塊がズボンの裾から足首をチクチクと叩くことに辟易《へきえき》する。

「トウキ、大丈夫？　飛ばされそうかい？　抱っこしようか？」

「ルイージがしたいだけでしょ！」

ぼくを防風の壁代わりにして寄りかかりながら、トウキがか細く叫ぶ。その通り。

今回もとんだ旅行になったなぁ。行き着く寝床が穴ぐらなんて。

世の中、上手くいかないよなぁ、中村青年。

ぼくもなぁ。普通の探偵がこの場にいたなら、中村青年を論破して、木曽川という殺人鬼を華麗に立証して、『こんなはずじゃなかったのにー』などとじっくり後悔させて、台風が過ぎ去った後の朝焼けを眺めて爽やかに終了、とかなんだろうけどなぁ。

実際は名探偵気取りの男に共犯扱いされた挙げ句、拘束されてそこから救ってくれたのが行動を制限されていない殺人犯。しかも台風直撃の最中《さなか》に土の匂いが凄そうな穴ぐらへご招待、と来たものだ。犯人自体は判明したけど、それを証明したのはトウキの『勘』。

「……………………」

いやまぁ、どっちも第二の犠牲者が出なかったんだから良しとしようよ！　無理か。

結局。

ぼくがこのペンションで、探偵としてこなしたことは。

積極的に動かなくても最悪、何とか物事は進んでいく。人生は強制スクロールしていく、ということを『証明』しただけだった。殺人事件の犯人を捕まえる代わりに。

そりゃ、トウキも不甲斐《ふがい》なく思ったりするかもねぇ。今も少しだけ機嫌悪そうだ。だけど、暴風雨の中を歩き出すという自然を満喫しすぎる体験を前にしてか、少しだけ満足そうな様子もその横顔から読み取れた。それなら、外へ出るのもそんなに悪くないかな。

帽子が飛ばされないように手で押さえながら、景色を見やる。折れた枝と葉が地面から僅かに浮いて乱舞を続け、雨は滝を横にしたような勢いで、休みなく降り注ぐ。

空は思ったより黒色が自己主張せず、ネズミ色の雲が雨風に弄《もてあそ》ばれるように蠢《うごめ》いていた。

天候を操れる人間がいたら、そいつは世界一の殺人犯になれる。

ぼくらの命は、なんてちっぽけで、自然に左右されている存在なんだ。自然を大事にするっていう決まり文句が何だか上から目線で申し訳ないほど、その偉大さを見せつけられた。

自然は偉大だ！　敬意を払い、地球と共に生きよう！

……なんか、環境保護の漫画みたいな締め方になっちゃったなぁ。

骨から肉を根こそぎ奪い取るような風に身を震わせながら、隣に立つ木曽川が言う。

「そういえば聞き忘れていたけど、君って、本当に探偵?」

聞かれ慣れた質問にぼくは笑顔で応えて、名刺を一枚差し出す。

名刺は雨に取り付かれて、あっという間にふやけた。

「三代目花咲太郎です。犬や猫が迷子になりましたら、どうぞご連絡を」

二章　『残酷ペット事件』

これは恐らく、ぼくが関わった中で最も大きな事件が含まれていた依頼だと思う。

ぼくの名前は花咲太郎。犬や猫の捜索が専門に近い探偵だ。

浮気調査の依頼が数ヶ月に一度の大事件となる探偵事務所に勤めて、日夜、迷子の犬や自主的に逃げ出した猫を飼い主さんに連れ戻す仕事に明け暮れている。

「……うむ」

今回は、誰もこの自己紹介に異議を挟めないだろう。ぼくも羽を広げるように存分と紹介出来るから気分が良い。外の熱中症の実験場みたいな日差しに包まれた景色も、エアコンが全開で稼働《かどう》している部屋の窓から覗けば、心に適度な暖かさをもたらすのであった。

「平和だねぇ……」湯飲みに注《つ》いだ麦茶をちびちびと啜《すす》りながら、ほのぼの。

世間は街の失踪《しっそう》事件とかで騒がしい。もう四人も消えたそうだが勿論、関係者が一人として『この失踪事件を解いてください！』とウチの事務所に駆け込んできたりはしない。

　ぼくとしてはそんな大規模な仕事が舞い込まなくても、この部屋の冷房がお外に神隠しに遭わなければ何の問題もない。殺人犯のいない部屋でのんびりくつろぐと心が安らぐのぉ、婆《ばあ》さんや。なんて、隣の席に座って事務所の電話で誰かと話している同僚こと、エリオットに振ってみたい。

　仕事の電話だろうから声はかけずに、ただ横目でその働きぶりを観賞する。相変わらず、粒子が髪やそこらから溢れ出す美貌《びぼう》を備えた男である。これで三十代とは信じがたい。

　淡い水色のような、およそ地球人らしくない髪にお揃いの瞳《ひとみ》。黄金比を参考にしたような目鼻の配置に、極めつけはやはり、常時舞い散る水色の粒子。妖精の子孫と自己紹介されても違和感がない、錯覚の光に包まれている。自称『宇宙人』は伊達じゃない。

　こんな女の子がいたら、ぼくも星籍《せいせき》（将来、こんなのも出来るのだろうか？）を変えて、宇宙の皆さんにこんにちはするのになぁ、と他人の性別と年齢を悔やまずにはいられない。そういえば、去年に仕事でホテルに宿泊したとき、その理想に近い子は見た気がする。

冷房病の人が様子を描写されただけで卒倒しそうな室内の温度に肩が震える。冬場なら忌避するこの寒冷を、夏場はどうして崇《あが》めるように享受出来るのだろう。ま、暑いからか。

事務所から一歩出れば、ぼくは全身に張りつけていたアイスが溶け出して包み込まれるように、デロデロとなってしまうだろう。その不快感に立ち向かって外へ出なければいけないのだが、それを今は先送りにして安物のスチール机にしがみついていた。

一年中、テレビの前に作りっぱなしの炬燵《こたつ》に潜り込んでいる所長こと飛驒牛《ひだぎゅう》……あ、逆だった。トトロみてーな腹を持つ五十四歳だが、探偵事務所の所長でもある。ただ今冬眠中とばかりに高いびきをかいて、手足の先を炬燵の各所からはみ出させて大の字に寝ている。

流石にこの所長ほど手足を伸ばして、事務所で時間を過ごすわけにはいかないよねと言いたくて引き合いに出した。しかしいつ見ても、仕事の意欲を奪う緩い寝顔だな。

探偵事務所の方に仕事の依頼が来ても、このオッサンが働く姿を見たことがない。三件も仕事が重なったりしない零細事務所だからなぁ。代わりに司法書士の相談に関しては、資格を持つ所長しか働きようがないけど。

「……はい、写真は頂きましたので、大丈夫です……承知しています、大げさにならないよう心がけますので……」電話に頭を下げる、エリオットの声が事務所に響く。エアコンの稼働音と合わさって、どことなく水槽の中にいるようだった。低温に加えて、酸素調整のモーターが回っているように錯覚したのだ。視界が淡い水色に揺らめく。

終《しま》いには水草が机の置物の脇から生えて、ぶくぶくと生まれ続ける泡に翻弄《ほんろう》され出したので頭を左右に振る。事務所の時計を眺めると、午前十時を三十分ほど過ぎていた。

九時半にぼくが定めた、仕事を始める時間に至っていた。浅く溜息を吐いて、湯飲みの中身を飲み干す。席を立って、流しで湯飲みを洗ってから腰を回して、ベキベキ鳴らした。

「仕事だ」と口に出して呟き、ふつふつと湧く怠け心を淘汰《とうた》する。

本日、仰《おお》せつかっているのは本来、花咲太郎という探偵がするべきである尊い仕事、犬捜しだ。昨日、依頼を請けた。で、昨日いっぱいでは解決しなかったので今日も続行。

依頼主は四十代の主婦、大菅道子《おおすがみちこ》さん。ぼくからすれば化石と評しても大げさじゃない年齢だけど、その行動は滑らかだった。柔らかさで少女の頰や二の腕に勝るはずもないが。

大菅さんは事務所の近所に住んでいて、犬捜しを請け負う事務所の噂《うわさ》を、お隣さんから聞いて訪ねてきたそうだ。三階にある事務所までエレベーターを利用せずに、わざわざ階段を経由した所為で汗だくになって現れた大菅さんは、その瘦せっぽちの胴体を振り回して、エアコンを切って頂けませんかと命じてきた。どうも、快適さより健康を優先して気を遣っている人種らしい。健康的だろうと熱中症になったらどうするんですか、と反論したかったが、炬燵に潜っている飛驒牛（あだ名。面と向かって呼ぶと殴られる）がどういう反応を示すか見てみたかったので、試しに切ってみた。で、大菅さんの話を聞いた。

茶色と白のぶちである雑種犬の写真を預かり、失踪した状況や時間帯について説明して貰う。纏めると大菅さん家《ち》の飼い犬、名前はコロが家の庭からいなくなったのは一週間前の深夜。朝、表に出てみると首輪と繫がっていた紐が外れて、コロがいなくなっていたというのだ。紐は千切れた跡もなく外されていて、そういうことは以前にも時々あったが、コロは自由になっても家の外に逃げ出すことが一度もなかった。

『コロ……ちゃんがいなくなった現場の近くで交通事故とかそういう類は起きていま

せんか？　ちょっとした自動車事故でも遭遇すると、混乱して帰巣《きそう》本能が消えたりするんですよ』

『いえ、そういう話は一切ないんです』

『そうですか。それと保健所に連絡は入れてありますか？　コロちゃんの特徴を届けておけば、該当する犬を保護したときに連絡してくれますよ』

『保健所。いえ、そこまで頭回らなくて……』

『じゃあそれはこちらでやっておきますね。後、犬の食事の時間はいつも一定でしたか？』

『はい、家族の食事の時間に合わせてあります』

『分かりました、それはのちほどもう一度確認させて頂きます』

『よろしくお願いします』

『調査費に関しては、そちらで今、暑さによって炬燵から甲羅を失った亀《かめ》のように飛び出した所長とお話しください』

回想お終い。その間に手は机の上を漁《あさ》って、仕事道具の犬マップを用意する。これは街の地図に、野良《のら》犬の出没地点を書き込んだ自家製マップだ。迷子になった犬が何処に身を寄せて食事を確保するかの参考になったりする。逆にこの周辺は、野良犬駆除をする人たちもその行動を心得て見回りしているので、なかなかに犬たちも生存が厳しいのであった。

以前、捜索を頼まれた飼い犬が野良犬たちの餌《えさ》になっていたこともあった。骨だけは回収して依頼主に届けたら、ぼくが仕事を怠ける為に嘘をついているとして最後まで罵《ののし》られ続けた。飼い犬の死を認めたくなかったのか、本気でぼくが疑わしかったのか、どっちだろう。

「あ、犬マップだ。お仕事？」

電話を終えて、ぼくの背後から地図を覗き込んできたエリオットが、赤点の一つを指差しながら話しかけてくる。探偵事務所に属している同僚なのだから、彼も探偵なのだろう。

安楽椅子探偵の似合いそうな彩色と、柔和で涼しげな顔立ちではあるけどね。

「そう。そっちは何？」エリオットは随分と年上だけど、ぼくは何故か丁寧語を使わない。

雰囲気、というのだろうか。若々しすぎて、同年代の同僚に思えて仕方ないのだ。

「家出人捜し。ウチの事務所じゃあ半年に一度の大事件が飛び込んでくるみたい」

「お、すげー。今から依頼人来るの？」

「来る来る。ご飯時に被るのは勘弁して欲しいから助かったよ」

エリオットが柔らかく笑って、軽い冗談を口にする。時折、生まれる星を間違えたように地球人の社会常識を解せない男だけど、食事の時間については規則正しさが身についているようだ。

エリオットが前屈みになり、もう一度、広げた犬マップを覗き込んでくる。

「んー」腰に手を当てて、目を細めている。近眼ではなかったよな、確か。

「どしたの？」

「いやね、その地図の赤点の配置を最近、他の所でも見た気がして」

「ふぅん？」ぼくも少しだけ地図と睨めっこして考えてみる。何も思いつかなかった。

多分気の所為だよ、とエリオットが付け足して微笑んだ。その笑顔に便乗して、粒子が通常の二倍ぐらい飛び出る。なんというか、茸《きのこ》の胞子みたいだな。吸い込んだらエリオットに変身したりしないかな、内臓だけ。……見た目はロリコン、中身は宇宙人みたいな。

意味ねー。

街に点在する犬の集会場の巡回ルートを確認してから、マップを畳んでジェラルミンケースに仕舞う。そして緑色の帽子を被り直してから、席を立った。

髪を指に巻きつけて弄っているエリオットが、ニコニコとしながらぼくに向けてその手を振った。「あいたたた、髪が引っ張られる」……愉快な職場です。

改めて、エリオットが手を振って見送ってきた。

「行ってらっしゃい。水分はこまめに取った方がいいよ」

「あいあーい」母親に見送られるような忠告つきで、事務所を出た。「うへぇ」間髪入れずに、冷涼を追い剝《は》ぎされた。背負う家電が冷蔵庫からオーブンにすり替えられた、という感覚で熱の塊がぼくの背中に擦り寄ってくる。ぐぅ、と意識を保つ白い線が頭の中心から引っ張られて、くらくらと視界が翻弄された。立ち眩みで耳鳴りが酷い。

少しの間、帽子に手を載せて俯き、三階廊下の壁に背を張りつけて身動《みじろ》ぎ出来なかった。探偵事務所の隣に入っている、女性下着メーカーの社員がぼくの様子を眺めたら、壁際で格好つけて佇《たたず》んでいる男がいるとでも解釈するだろう。お、耳鳴りが引いた。

ぐるんぐるん、と自分の中の平衡感覚らしきものが回ったまま、廊下の真ん中に移動する。「ぐるーんぐるーん」人がいないことを確かめてからジェラルミンケースを振り回して、その遠心力でコマのように支えて貰っていた。ガーッと強火で炒《いた》められているように、首の裏側から暑さが迫《せ》り上がってくる。そろそろ追い剝ぎも終わって、暑さの侵略の時間か。

ぼくはそれでも、朦朧《もうろう》とする意識に身を任せて回り続けて、その最中。

こんな暑さの中、鼻を乾かせて外を彷徨っているであろうコロちゃんに同情。

世界中の十五歳未満の少女たちが成長を遂げないまま熱中症で死なないよう、祈り。

最後に、扇風機しかないアパートで日中を過ごすトウキに、謝罪。

故障してないエアコンは来年、ちゃんと取りつけるから。


ぼくの住む街、というか県内に海は存在しない。そこに吹く風は当然ながら潮の香りとか無縁で、今日も焦げた匂いがした。吸い込むと鼻の粘膜に、黒炭の粉が張りついてくるような錯覚がよぎる。ぼくは鼻の下を指で擦り、息を吐いた。

「べらぼうに暑い」太陽が頭上に舞い降りてきているように、頭が重くて熱い。前傾姿勢でへこへこと自転車をこいで、道路を渡る。探偵事務所のビルは結構な街中にあるので、道行く人も多い。で、大体の人が背筋を伸ばしていることに感心したりしていた。ぼくには無理だ。叶うなら自転車の籠《かご》に収まって、他の人に運転を交代して貰いたい。

チリンチリン、と風鈴代わりにベルを鳴らしながら、自転車を犬マップの第一地点に向けてこぎ続ける。十一時半前後に、目的地である神社に辿り着ければいい。

コロが規則正しく食事を取っていたなら、その時間になれば確実に飢える。犬は定期的な食事の習慣をつけた場合、時間に少しでも遅れると吠《ほ》えて文句を示すぐらいだ。コロが既に餌場を見つけているなら、確実に犬マップの何処かに顔を出す。最初の場所を巡っていきなり発見出来るのが理想だけど、そこまで順調にはいかないだろう。生き物が捜し物のときは、生死に関わるから焦ってしまいがちだけど、闇雲に街を歩き回るのは最後の手段でいい。

数十年前なら蟬《せみ》とり少年が元気よく走っていそうな土手を越えて、橋を渡り、古い自動車の販売所を越えて下町の方へ入る。土手の下の河川敷では子供たちが、左手側でラグビー、右手側でサッカーに興じている姿を休日によく見かける。女子サッカーでも女子ラグビー（聞き慣れないけどあるのか？）でもないので特別に興味はないけど、引率のお母さんの隣に、お年頃の女の子が手を握られて座っていることも偶《たま》にあるので、賑《にぎ》わっているときは一応、土手や橋の上からのチェックを欠かさない。

潰れそうな煙草《たばこ》屋と自転車屋ぐらいしかシャッターを開けていない寂れた下町を通

過して、その頃になると額から垂れる汗が目に入り、鬱陶しくて仕方なかった。手の付け根で顔の上半分を拭いながら、神社より喫茶店を目指そうぜ！　という欲望をねじ伏せる。

ぼくはこれでも忍耐力がある方だった。常日頃から、ぼくの理想の女性たちに求愛行動を自制しなければいけない、こんな社会で生きていれば嫌でも我慢強くなるというものだ。

下町から十分弱、自転車をこいで十一時二十分頃にお目当ての神社に到着した。正確に言うと、神社の敷地周辺にあるゴミ捨て場に野良犬が群がるのだが、それを利用する為にここを棲処《すみか》とする犬も多い。鬱蒼《うっそう》と木が茂って天然の陰が神社全体を覆っているし、夏場は特にここをありがたがるのだろう。ぼくも早めに、その恩恵にあやかりたかった。

自転車を降りてから、借り受けた写真を確認する。写真は携帯電話のカメラで撮影したものをデータとして受け取ったので、画質が悪い。写真自体もピンボケしているが、これしか撮影したことがないというのだからやむを得ない。大まかな特徴は分かるしね。

道路に立ち、一度空気を吸い込む。肺がゴロゴロと、生温《なまぬる》く熱した石を投げ込まれたように空気の質量を感じ取った。空を見上げると目の奥が軋むように、ズキリと痛む。小人が目玉を踏みつけてきたように、その痛みは一瞬で、しかし妙な余韻を視神経に残す。

眼球の表面が空に触れている、そんな痛みを感じる瞬間がぼくは好きだった。空から空気が渦を巻くように唸る音が聞こえる。飛行機か、ヘリの空を飛ぶ音で、それは夏空の鳴き声のようでもあった。薄い雲の間に群青色が固まっているとき、空は一つの生物のように感じられた。太陽が雲に隠れて、空は僅かな間だけ平和に照明を落とした。

「さて、行きますか」

帽子の位置を直しながら、入り口の脇にあるゴミ捨て場を確認する。対策を特に立てない所為でカラスと野良犬が荒らし放題のゴミ捨て場には、一匹の犬がゴミ袋に頭を突っ込んでいた。色は薄汚れたネズミ色で、茶色の入る余地はない。コロではないようだ。

神社の外をぐるりと一周して、コロが転がっていないという洒落《しやれ》を成立させる。名前の由来は何なんだろうなとどうでもいいことに気を取られながら、まだ食事を続けている野良犬を尻目に、神社の中へ入ってみる。依頼された犬しか救わず、野良犬は保健所行きっていうのもどうなんだろう、ぼくは正しい行動を取っているのかな。なんて、時々思う。

全てを救うことは出来なくても、自分の可能な範囲は全力で救済するべきだ、という思想が大事なら、ぼくはもっともっと頑張れば、あの野良犬ぐらいなら救えるはずだ。飼ってくれる人を探してやることぐらいなら出来るだろうし。捜し物は探偵の仕事だろう？

でもぼくはそこまで人生を犬に傾倒させない。犬の生涯を請け負わない。何でだろう。ぼくは人生を、どういう風に消費したいのだろう。そりゃまぁ、ロリコン的な酒池肉林を目指すのは桃源郷の扉を開くに等しい行為なのだが、具体的に描写するとぼくは死ぬ。

なんか大きな組織に消される。そんな予感がしてならない。あー、で、何だっけ。ぼくの生き方？　ロリに生きてロリに死すだろ。あー、もっと小学生のときに恋愛しとくんだった。放課後のグラウンドでキックベースばかりやっていた自分を恨む。過去を恨む。

などと熱で茹《ゆ》だった頭は思考を空回りさせつつ、神社の中を見て回る。雷で折れた巨大な木の陰も覗き込んで、コロが避暑地にしていないかを確かめた。「……おや？」

木に手を添えながら屈む。影の所為で見分けがつきづらいけど、それは確かに、「地面を掘ったような形跡がある」昔の推理ゲーム風に呟いてみる。この地域には犬に飽きたらず、プレーリードッグの集団でも棲《す》み着いたのだろうか。いやあいつらはもっと草の茂っている場所が好きだろうから、サッカーの出来るような河川敷に行くだろう。

「いやいやそうじゃなくて」問題は、その掘り返した跡の大きさだ。動物ではなく、人間が掘らないとあり得ない広さだった。「……………………………」思考中。

まぁ、犬捜しには関係ないはずだ。ぼくは何となく見つけてしまった怪しいフラグを回収せずに、スックと立ち上がって「あー良い屈伸運動だった」で締める。

今のところ、ぼくらの生活費に関連しているのはコロしかいないのである。

「えぇっと」もう少しここで粘るか、それとも次の場所へ大急ぎで向かって昼飯時のコロをギャーン！　へ、ギャーン？　なんだギャーンって。ぼくの手元で、そのギャーンが鳴いた。いや、鳴いた声がギャーンか？　そうだ、そうみたいだ。ギャーン！

完全に偶然だった。その金属製品の一撃をジェラルミンケースで防いだ一連の過程は。ぼくが偶々振り返った瞬間に腕と共に振られたケースが、背後の、右斜めから袈《け》娑《さ》に振り下ろされる金属製の棒の軌道に侵入したのだ。日頃、慎ましく暮らしていた為に少しは運の貯金があったのだろうか？

お陰でぼくの首か肩に直撃するはずだった一撃を邪魔することが出来て、恐らくは九死に一生というやつを得ることになる。だけどケースから指先に伝動する衝撃から逃れることは出来ず、ぼくは後ろへ吹っ飛んで尻餅《しりもち》をつく。その頃になってようやく「うわぁ！」とか悲鳴が口から紡《つむ》がれたけど、間抜けにも程があった。本人もそこは自覚しているので、悲鳴の間にこっちも次の動きに移る余裕があった。無理に立とうとせず横に転がり、小石の出っ張りに背中を打ち付けて強く息を吐く。金属の棒がぼくの今座っていた箇所《かしょ》に振り下ろされて、鈍い音と共に砂利を吹っ飛ばす。ぼくは地面を蹴って、更に後ろへ逃げた。

相手に背を見せないようにしながら後退《あとずさ》り、距離を取って立ち上がる。バットの丸みをプレスされたようにへこんでいるジェラルミンケースを武器代わりに構えて、相手を見た。

ぼくに金属の棒、観察すると火かき棒で襲いかかってきた奴は既に全力で逃走を図り、神社の敷地から道路へ飛び出していた。顔を隠す為か、暑苦しい七月にも拘わらずタオルを口元に巻いて、野球帽を深く被っていた。上下は着古したような半袖のシャツにジーンズと、休日の学生がちょっとした外出に赴くような服装だ。背はあまり高くないが、足は速そうだ。

「あ」ぼくの自転車を蹴り倒していきやがった。しかもわざとらしく。ぼくを襲うのに失敗したから憂さ晴らしのつもりなのか。

それでも、素《もと》より追走する気のないぼくは人間、大根《だいこん》、豆粒と順当に小さくなって視界から消えていく火かきマン（仮称）を、ただ見続けるしかない。棒マン（仮）は一度も振り返らずに、裏側の道へと消えていった。そこで相手もだろうけど、こっちも一息吐く。

ぺたん、と砂利の上に座り込んで、弾んだ息で繰り返し呼吸する。

「……なんだよ、一体」ようやく目先の対策じゃなくて、真っ当な疑問が零れた。

通り魔か？　一昔前の学生デモの参加者みたいな変装をした奴に襲われるなんて、初めての経験だ。心臓が生き急いで、バクバクとその存在を強く主張していた。

中身を消化しきって液ばかりの胃が、きゅうきゅうと鳴く。もうちょい待て。

ぼくを個人的に狙ったということは絶対にない。となると通り魔の類なんだろうけど、最近、そんな事件が街を賑わしていただろうか。社会人の割に無駄にテレビ観賞の時間が長い当事務所の一員だが、『恐怖！　火かき棒男の恐怖！』みたいな報道を見かけた記憶はない。

呼吸が落ち着いてから、立ち上がって尻を払う。影の中で、ぼくは小さな寒気に震えた。

火かき棒は確かに、ぼくの熱を奪っていったようだ。

ぼくが最初に尻餅をついた場所に転がっている、緑の帽子を拾う。額の汗をハンカチで拭って、前髪を少し指で弄ってから帽子を被り直した。うむ、防御力が元に戻ったな。

「いっつ、」火かき棒の一撃を受けた際に、ケースを持っていた手首を捻挫《ねんざ》したようだ。動かす度に目の中で星が散る。カメラのライトに似た光に眼球が幾度も包まれて、それが頭痛を誘発する。手の側面だけだった痺《しび》れが、身体の各所に駆け巡った。

膝を突いて、「ぐぅぅ」と野良犬みたいに唸る。今、火かきマンが忘れ物でも取りに神社へ戻ってきたら、確実に始末されてしまうだろう。

森の中で力尽きようとしている。そんな錯覚を引き起こす情景が周辺で微風《そよかぜ》に揺れる。木は枝と葉を羽ばたかせて、日差しを受け止める。地面は日を遮られて腐ったように陰りを帯びて、蹲《うずくま》る者を寒々と、夜に導くように色を失っていく。

野良犬が近くで鳴いている気がして、額を押さえながら首を振る。いた。さっきの野良犬とは別の犬がぼくに向かって唸り、威嚇している。ぼくは目を逸らさず睨みつけて、暫くそのまま動かなかった。目を離せば今にも襲ってきそうだ。そもそも、犬と目を合わせてはいけないと以前に読んだ小説に書いてあったけど。

犬との睨めっこの最中、様々な感想が浮かんだけど、それらの行き着く場所は一緒だったので、それだけを焦げたような匂いの包む外界に吐き出す。

みんな、暑いのによくやるよ。色々うんざりした。


何となく次の犬マップの場所に行く気になれず、大菅さんの家周辺を捜索して収穫がないことを確認するという前進を成し遂げてから、ぼくは愛《いと》しのトウキが待つアパートに帰ってきた。まだ午後三時前だったけど、残りの調査は一休みを挟んでから出かけることにした。休憩なら、ベランダで目玉焼きを作れそうなアパートじゃなくてエアコン全開の職場の方がいいかなと最初は考えたけど、気分は冷房よりトウキ完備を求めていた。「ただいまー」と身を投げ出すように挨拶。

水色のワンピースに身を包んで、足の裏に扇風機の風を当てて「あーあー」とか歌っていたトウキが、声に応じて首を後方へと折る。後ろ手を突いたその世界が反転する姿勢のまま、「おかえりー」と挨拶を返してきた。ぼくはそれを見届けて、玄関に倒れる。

ばたんきゅー、とパズルゲームで負けたときの音声が脳の中で自動的に再生される。

「ルイージ、なに倒れてるのよ」トウキが一応、様子を見に近寄ってきた。トウキホイホイ、蟻《あり》地獄作戦成功だ。偶然だけど。後、屈んだときのワンピースの奥は、ぼくの目で捉えられなかった。やっぱりさっきので運を使いきったのかな。

「うわっ！　なにこれ、鞄がべっこんってなってる」

「ぼくの今の気分に合わせてくれているのだ」

「なに、本体は暑さにやられたの？」

「黄泉《よみ》の国を見かけた」

「扇風機の前は譲らないわよ」

「どうでもよくないけど、黄泉の国ってロリの国と発音似てるよね。夢広がりんぐ」

「良かったいつも通りだわ。いや良くないかも」

スタスタとトウキが奥に引っ込んでいった。トウキホイホイ作戦失敗。介護に繋がらなかったので玄関の冷たさに癒《いや》されるだけで満足することにして、起き上がった。

靴を脱いで、敷かれた畳の上に尻を下ろす。トウキは既に扇風機の前に座り込み、宣言通りに風を独占していた。ぼくは別段、占有権に対してコメントせずに安堵の息を吐く。

やっぱり家は落ち着くなぁ。領域の中って感じがして。鍵のかかり方が怪しい部屋だけど、取り敢えず守られている感覚にホッとする。だらーっと、床に溶けた。

「お仕事はサボり？」

「外回りの途中で少し寄ってみた」

「はいはい、サラリーマンごっこね」

「テレビのリモコン取ってくれる？」

エアコンの、とか言いたい気分だけど頼んだらエアリモコンしか渡してくれないだろう。

「自分で取ればー」と言いながらもトウキの手がむんずとリモコンを鷲摑《わしづか》みにして、寝転んでいるぼくに放り投げてくれた。素直じゃないところも可愛いなぁ。いやむしろ素直すぎないところが魅力に繋がるのだろう。人間、実直だけが全てではない。

「ロリコンさん御用達《ごようたし》の番組なんて、こんな時間にやってないわよ」

どの時間帯のテレビ事情にも詳しいトウキが、ジト目で優しい忠告を突き刺してくる。

夏休みが始まってもいない平日に一日中、アパートにいるトウキは当然ながら、義務教育に参加していない。一日中、ここにいる。ぼくは彼女の親類縁者でもないし、ましで保護者なわけでもない同居人だった。関係はぼく的に恋人希望なのだが、色々とあってちと複雑なのであった。その内説明があるかも知れないし、ないかも知れない。

思いついたら……もとい当時の状況を明確に思い出したら、そのときに紐解こう。

謎のメッセージを各所に送信しつつ、テレビに赤外線も飛ばす。点《つ》いた。黒一色だった画面が華やぎ、オッサンの肌色が液晶を占領する。早速チャンネル変更。教育番組の再放送で、エプロンを着けた女の子が料理に取り組んでいた。ペドメーター（万歩計）とかつてあだ名されたぼくの眼球には、その子の年齢がはっきりと映る。むぅ、十歳だな。

「やってるじゃないか、ぼく好みの番組」画面を指差してトウキに話しかける。

ロリコンを不倶戴天《ふぐたいてん》の敵と見なしているようなトウキはその画面に映る女の子を下らなそうに睨みながら、「ルイージ、本当に前科とかないの？」と険しく詰問してきた。

「罪に問われるような年齢になってからは何もしてないよ」いやマジで。

「随分と世間をごまかしたような言い方ですこと」

「最近は毎日、きみの寝顔で満足してるのさー」

「オイ」トウキのドスが利いた声に笑いつつ、ごてん、と転がって仰向けになった。

天井を見上げて、ぼーっと、意識に霞《かすみ》をかける。開け放した窓や、トウキが首振りモードにしてくれた扇風機からの風がぼくを横から撫でてくると、一層、心地よく微睡《まどろ》んだ。

自分の呼吸器官が、すぅすぅと寝息を立て始めているのが聞こえる。不思議な状況だ。扇風機の回る音が眠気を誘っているのかな。幼少期の頃から、部屋にエアコンがあったからそんなに扇風機とは縁がないはずなのになぁ。何の記憶と混ざっているんだろう。

渦巻く思考の中で、千切れた写真のような、断片の記憶と意識が回る。テレビ番組がトウキの手によって変えられたことに気づきながらも、半開きの口は何も喋れない。

そしてテレビ画面が、恐らくは地元の報道番組に取って代わる。化粧気がなさすぎるまま出るのも却《かえ》って失礼に当たるんだなぁと教えてくれる、近所の主婦よりすっぴんなオバチャンが、見慣れた地元の道を歩きながらけたたましく喋っている。

「……んあ？」

そのオバチャンが消えて、鳥瞰《ちょうかん》したような街の地図が映し出されて、ぼくのうつらうつらと下りかけていた瞼《まぶた》がカッと強制的に開く。身体を回転させながら捻挫した手首を床に着いて、その激痛に悶える。何してるんだぼくは、と嘆きつつもテレビ画面に飛びついた。

「地図の中に偶然、ロリコンって描かれていたとかそういうのを発見したの？」

「惜しい、それより単純なことだよ」と話しつつ、検証。頭に残る地図と検証。よし。

「これだ」とぼくは携帯電話を取り出す。エリオットに連絡を取らないと。登録された事務所の電話番号を選んで、ダイヤル。ほどなくして、『はい、探偵社ですが』

「あ」飛騨牛さんだ。岐阜《ぎふ》出身だから飛騨指定。「所長。エリオットがいるなら代わってくれますか」

『花咲君かね。ホッホッホ』

「バスケの監督の真似《まね》なんていいから。プリーズエリオット」

『合い言葉を言いなさい、ピーピー。言えなかったらお前の机、外に放り出すぞ』

「耳遠くなりました？　ゆっくり言いましょうかそれとも大声が必要ですか？」

『馬鹿モン！　職場に顔も出さないような奴にうちの所員の時間は割けん！』

「いや行きましたよ」

『顔を見ていないぞ』

「所長が朝からずっと炬燵で寝ていたからですよ。ぼくはあなたの寝顔を見てます」

「新しい職を探すときは、上司に不満があってと説明しておきますね」

『うちの事務所の営業時間は俺が起きているときだ。やーい欠勤決定』

「ぼくもあんたに懐く自分を想像して死にそうですよ。そろそろエリオットよろしく」

『まぁそうツンツンするな。お前が後でデレるのを想像したら吐き気を催すから』

そうなオッサンの吐息が離れる。で、少しの間を置いて『ヤァ！　ぼく、エリオット！』

『しょうがねーなー、合い言葉もなしに……』と愚痴りつつ、受話器から加齢臭のし
「裏声がやたら綺麗な、変なおにいさんが現れた」

『いや普通にもしもし、エリオットですって出てもつまらないと思って。昔、付き合っていた女の子がそういう性格の人で毎回、趣向を凝らしてくれていたんだ』

「はぁ……まぁいいや、惚気《のろけ》話になりそうだし。で、エリオット。気づいたんだ」

『うん、何の話？』

「昼前に話していたやつ。犬マップの赤点の配置に見覚えがあるって言ってただろ」

『ああ、そんな話もあったね』

「過ぎた過去で扱うなよ、スギタカコさんか君は。で、今テレビ見て気づいたんだ」

『ほうほう、テレビ。何チャンネル？』

「4。見ながら聞いてくれ、犬マップと被っているのは失踪事件だ」

『失踪……うーんと、このおば様が喋っている事件と関連しているのか』

「ついさっきまで地図が映っていたんだけど、飛騨牛が焦《じ》らすから終わってしまった」

『ハハハ。じゃあ、太郎君の口から説明してくれよ』

「うん。つまり、失踪した四人の足取りが消えた場所と、犬マップの地点が重なっている」

『ふむ？　……ふむふむ、え、この事件と被っているって、凄いじゃないか。大事件と重なっているって』

「お金にならないことなんて、被ろうと何にも嬉しくないけどね」

トウキが知ってニヤニヤ喜んで、ぼくを焚きつけるであろう将来にも気が滅入るし。

『なるほど、私も家でその地図を偶々見て、記憶に残っていたみたいだね』

「うん、そうだと思う。まぁ何はともあれ、スッキリして良かったよ」

『そうだね……で、それだけかい？』

「え、うん。それだけ」

『太郎君は今日、失踪地点と被った犬マップの場所に行ってみたんだろ？　神隠しに遭わなかった？』

「この電話は神がかっていない、一般的な電話会社の提供する電波で繋がってるよ」

『それもそうだね。じゃあ犬は見つけられた？』

「いや、いなかった。夕方になったら、また一カ所回ってみるつもり」

『そう。終わったら私の仕事も手伝ってくれると助かるな。何せ、大事件だし』

「いいけど……ちょっと質問。火かき棒ってさ、普通の家にも常備されていたりする？」

『私の家にはないよ。この前読んだミステリ小説では主人公が貰っていたし、別のゲームでも主人公が武器として使って屍人《しにん》をバッタバッタと薙《な》ぎ倒していたが』

「そっか。ありがとう心の友、また連絡する」

『というか、事務所に帰ってこないのってサボりじゃあ』通話終了。

「ばたんきゅー」と今度は自前の口で呟いて、また仰向けに倒れた。そんなぼくに、トウキが四つん這いでパタパタと近寄ってくる。おーおー、ニヤニヤしちゃって。

ぼくが求婚したときにそういう顔で答えてくれないものかなぁ。うぎぎ。

「ルイージがこの事件と関わってるの？」と、テレビ画面を指差す。ほら来た。

「ワクワクしないの」

「ねぇねぇ」肩を揺すってくる。都合の良いときだけ父親に甘える娘のようだった。

「ぼくの今の仕事は犬捜しだよ。コロー、何処だーい」

テレビに再び街の全体図が映ったので、そこに呼びかけてみた。コロはテレビ画面に映って『見ているな！』とか指摘もせず、何処にも姿を主張しない。

「ちょっとー」とぼくにちょっかいをかけてくるトウキの指先の感触に頬を緩めながら、天井に地図と、重なる二つの点を想起する。点の一つは黒く、もう一つは赤い。

犬マップと被った、人間の失踪事件。そしてそこに現れた、火かきマン。絡んで欲しくない糸が、コロを縛り上げるイラストを思い浮かべる。最悪だ。どれ一つとして絡まず、それぞれに適した探偵が取り組めばいいのに、合併とか絶対止めて欲しい。マジヤメテクダサーイ。

テレビを見やる。失踪事件の概要が説明されていた。最初に失踪した場所はコンビニの裏手で、夕飯の買い物に来ていた一人暮らしの大学生。柔道部の猛者《もさ》だと紹介されていた。購入した商品を含めた荷物も行方不明。ただし自転車は別の場所で、乗り捨てられたように放置されていたのが発見されている。これが一ヶ月以上前の事件だ。

次に事件が発生したのは、繁華街と駅の中間地点。被害者は帰宅途中の会社員で、テレビはこれまた頑強というか大柄な男性の写真を映している。ふむふむ。ぼくが昼間に向かった神社は、二週間前に第三の事件があった所だったらしい。第三の被害者は、肉付きの良い中年。飛騨牛所長と横幅は似ているけど、肌艶が遥かに悪そうだな。彼の肌は、女子の頬や太腿の滑らかさを遥かに超越しているのだ。触る女性がことごとく羨《うらや》むものなぁ、特に腹の艶を。年増的な女性陣が中年の肌に触れて嫌悪《けんお》感を抱かないとは、所長侮りがたしと言ったところか。

話題を戻すと火かきマンが出現した理由に、この失踪事件は何か関係があるのかな。まぁあいつが何かの犯人っぽいのはほとんど確定だろう。それが誘拐か殺人、或いは神隠しの主犯かで罪の重さが変わってきてしまうわけだが。

どっちにしても大事であることは間違いないわけで、もしぼくが関わることになったら事務所に勤め出して初めての大事件となる。そんなもん、本当に自分や周囲の人の生死が関わらない限りはご免被りたい。給料に色がつくわけでもないし。この事件をパパッと解決する為、颯爽《さっそう》と降臨する名探偵はこの世にいないのだろうか。

ぼくの思いと相容《い》れない無機質なニュースは続く。最新、三日前に発生したのはスーパーの側と。今度はスーパーの従業員が勤務中に消えたそうだ。

「ふぅん」「そんなに熱心に見て。やっぱり関係あるんでしょ」

一旦諦《あきら》めて離れていたトウキがぼくの反応を窺って、舞い戻ってきた。

「ふふふ、その拘りようはヤキモチかね」

「それ、ただ言ってみたかっただけでしょ」

「うん。トウキが十五歳になるまでに、他の十歳の子とかにヤキモチ妬《や》かせたいなぁ」

「相変わらず顔が爽やかなのに気持ち悪すぎるわ、ルイージ」

良い笑顔で言われた。ぼくも親指を立て返して、わははと笑い飛ばす。

で、事件に戻る。失踪事件の現場は全部、犬マップの赤点に該当する。

まさか犯人が犬でした、ってオチはないと思うし、人間が魔法か呪《のろ》いで犬になっていましたって線も現実さんが封鎖しているはず。ラーの鏡探せって依頼が来たらどうしよう。

「…………………」

助けたコロを鏡で映したら大菅さんとは全く似ていない美少女になる想像図を思い描きながら、今度こそ瞼を閉じて、扇風機の羽根がもたらす音に安らぎをねだった。

夕方、「スーパー行くついでに仕事してくる」とトウキに説明して出かけた。「順序逆にしてよ、あたしたちの生活かかってるし」と突っ込まれたので、少しだけ真面目に自転車をキーコキーコした。蹴り倒されたときの影響か、自転車の前輪の回転がよろしくない。

帰ったら整備しないとなー、とやることが一つ増えたことに憂鬱になりかけながら、まだ昼と大差ない光量と色合いに包まれた街を走った。空気の焦げ具合は少し収まって、逆風も何処か気持ちがいい。何時間も前に追い剝ぎされた冷気が、空気に染《し》みているように感じられる。こういう使い方なら奪われた甲斐があるものだ、と納得していいのかな。

ぼくが目指すスーパーの近所にも犬の棲処は点在している。だからついでに寄ってみようと思い立ったのだ。別に失踪事件を解決しようなんて意気込みや興味は一切ないけど、コロを見つけ出さないことには仕事が終わらない。スーパーは大菅さんのお宅から結構離れているけど、迷った犬は平気で山一つとか越えるから侮れないのだ。

ちなみに保健所に連絡を取って確認して貰ったけど、コロに酷似した特徴を持つ犬は保護されていないそうだ。事務所の請け負った仕事が他の人の手で解決しないで良かった、と喜ぶわけにはいかないんだよなぁ、表向きには。商売繁盛を表沙汰《おもてざた》に出来ない葬儀屋に似ている。うちの事務所は探偵業が遊びのようなものだから、賃金については問題ないけど。

でも、自分の担当している仕事がそうあっさり他人の手柄になるのは面白くない。殺人事件とかは誰が解決しようと、どうでもいいんだけどね。あれはぼくの仕事じゃない。

「コロがいなくなって丁度、一週間か」

それは飼い犬が飼い主を捜さなくなる時間だ。生きる糧《かて》を優先するようになる。となればその嗅覚《きゅうかく》で餌場を見つけやすくなるわけで、行動も把握しやすい。ただ……何というか、微妙に気になる点があったりする。ぼくの突拍子もない予想が、いつも通りに外れているといいなぁ。そういうのが的中するのは、トウキだけで十分だった。

昼に通った橋を越えてから、事務所と反対の方向に左折する。現場に行って、あの火かきマンが再び襲撃してきたらどうしよう。そもそも火かきマンは何者だ。失踪事件の犯人なのかな？　ぼくにしたことは失踪より殺人に分類される行為だったとお見受けするが。死体を持ち去っている、ってことなのだろうか。う～ん……グロの匂いがするぜ。

「あ」火かきマンの想像で思い出す。奴の存在を警察に通報しておくのを忘れた。でも、火かき棒を持ちタオルで顔を隠した、性別不明の人間に襲われましたですですであります、なんて説明するのは正直面倒だなぁ。

自力で解決する気がないなら、警察に丸投げするべきなんだろうけど。ぼくが電話したら警察の人に『またあなたですか』とか嫌みを言われかねない。いい加減、ぼくが真犯人でした説を採用されかねない勢いで事件に遭遇しているからな、トウキ共々。いやトウキの性質によるもので、ぼくは事件の発生に関与していないはずだけど。

「うーむ」

思考も前輪のようにくるくる回して、前方や左右への注意を怠りながら自転車をこぐ。それでも轢《ひ》かれづらいのは田舎道の数少ない利点だ。道が空《す》いている所為でアホの化身のような速度を公道で出す困ったちゃんもいたりするが。別に自動車免許がないからって僻《ひが》んでいるわけではない。

スーパーに到着して、駐車場の隅に自転車を停《と》める。明確に駐輪場が設けられていないので、他の主婦も同じ停め方をしていた。鍵をかけてから、へこんだままのジェラルミンケースを籠より引っこ抜く。貰い物だから大事にしていたんだけどなー、と宣《のたま》いつつ、使い方は武器方面に偏っているけど。収納出来る量が少ないんだよな、このケース。

　ジェラルミンケースと腕をぶんぶんと景気よく、アトラクションの海賊船みたいに振りながら、道路を一つ挟んだスーパーに向かう。でも買い物は後回し。人目を気にしながら、スーパーの裏手にある商品の搬入口を越えて、排水路と駐車場の間にあるコンクリートの空間に出る。スーパーの隣の、廃棄されて薄汚れた建造物の一階は、犬の溜《た》まり場となっていた。スーパーの商品が荒らされたりしたこともあって一度、大規模に犬狩りを行ったんだけどほとぼりが冷めた頃に別の犬たちが集ってしまった。山の方の犬も混じっていて危険ということで近々、二度目の駆除が検討されている。通学路の側だから、登下校中の小学生とかが噛まれたりすると即座に実行に移すんだけど、今のところ被害がないようだ。

「お邪魔しまーす」と敢えて声を出して存在を知らしめながら、廃ビルに入る。万が一、火かきマンがいた場合は攻撃の方向が固定されるように、壁に背を付けて移動する。

　摺《す》り足で横にズレながら内部を回ってみると、階段の陰に犬を二匹発見した。つがいなのか、二匹は寄り添って警戒を露《あら》わにしている。目を合わせないようにしながら、階段の側で二階を見上げて人影を探る。「いない、っうぉ！」二匹の犬が唸りもあげずにぼくに飛びかかってきていた。咄嗟《とっさ》に「すまん！」とジェラルミンケースで撃退する。振り回したのが一匹の頰にヒットして、そっちの犬がコンクリに転がって悶える。二匹目は怯《ひる》まず、ぼくの足に牙《きば》を突き立てようと縋ってきた。そっちにはケースの切り返しを叩き込む。

　上手いこと、足を噛まれる前に二匹目も吹っ飛ばすことに成功した。前足を痙攣《けいれん》させて、二匹目がひくひくと悶えている。犬の唾液《だえき》がコンクリの床をピチャピチャと濡らした。どちらも狂犬病ではないようだけど、凶暴なことは事実だった。一匹目が足をよろめかせながら復活すると、二匹目に何か指示を出したように揃って逃げ出していった。

「妙に好戦的だったな」妙に……。つまり、うん、「火かきマンがいないなら、コロを捜さないと」そっちが主目的なのだから。「コロー」呼びかけてみる。エコーして天井の薄暗がりまで、ぼくの声が飛び跳ねていく。返事のような雄叫《おたけ》びはない。

　ぐるぐるとビル内を回って、襲いかかってきた犬をもう一匹追加で退治してから、ここにコロがいないということを確かめた。経験値は特に溜まっていない。ロリコンがレベル2に成長するのは、現代日本では不可能に近い荒行なのだ。選択肢さえ与えられない非情さだ。

　階段の二段目に腰かけて、太腿に肘を突いて頰杖《ほおづえ》を作る。しんと静まりかえって、自動車の走る音も聞こえないこの場所は、子供の秘密基地に向いていそうだった。

今は基地にするとマズイだろうけど。というか今時の子供は秘密基地に憧れたりしないのかな。ぼくの世代でギリギリかも知れない。ただぼくらは中途半端に怠け者が集っていたので、秘密基地を自作するのではなく小学校の使用されていない部屋に何とか忍び込んで、そこを集会場としていたけど。いやー懐かしい、と風の回廊のようなこの場所で回顧に耽《ふけ》る。

そうこうしている内に、おぼつかなかった足取りを安定させて、二匹の犬が帰ってきた。

ぼくが退治、ではなく返り討ちにしたつがいらしき犬だ。二匹とも、階段に座り込んでいるぼくの存在にはすぐ気づいたようだけど、怯えは見て取れなかった。

いや、犬の心情を完全に把握出来るほど、動物と心が通い合ったりはしていないけど。でも、妙な感じだ。犬たちはぼくに対して派手に唸って威嚇を表している。

次は嚙み殺すぜ、とばかりに。学習能力がないのか、或いはその逆。

好戦的な犬二匹、か。

「なるほどね」

現場でぼくの出した答えは、やはり推理の副産物などではない、目前の事実だった。

ぐ、と目を強く瞑《つぶ》ると、数滴、涙が溢れた。何に基づいて零れた涙か、ぼくは自覚して、少しだけ赤面する。ぼくにもこういう気持ちとか、素直な感心があるんだなぁ。

それから未《いま》だ見つからない本命、コロのことを想《おも》う。照れ隠しを含めて。

「……さて、どうしよう」

恐らくながらも謎が全て解けてしまったんだけど。

そーいう探偵じゃないから、ぼく。コロちゃんを捜したいだけなんだ。

だから胸に去来する思いは、どんよりと重い。

閃きの光は、その曇り空を払って差し込むようなことは決してなかった。


翌日、探偵事務所に出勤したぼくは所長のプリンより触り心地の良い腹を一頻《ひとしき》り撫でてから(寝ていた)、エリオットとお茶片手の談話に興じていた。

「そういえば、家出人捜しの話はどうなった?」

「請けはしたけど、一日でどうにかなるものじゃないよ。街も小さくないし何より、ウチは情報の入りが少ない事務所だからね。調べる規模に限界がある」

「まぁ、学生の秘密探偵クラブと同レベルだもんな」

時々、犬猫の貰い手とかも探したりするし。犬の方が貰われていく率が高い。世間では犬の方が賢い生物、猫は横着で生意気と認識されているようだ。躾《しつけ》次第だと思うんだけどね、人間の子供と同じように。

　エリオットは牛乳を注いだ湯飲みを揺らしながら、お茶請けのクッキーを指で摘む。所長が甘い物大好きなので、事務所の冷蔵庫の上には幾つかのスナック菓子やら何やらがストックされている。賞味期限が切れそうな奴を選んで、こうしてぼくらが無断で頂いたりもする。飛騨牛が後で凄く怒るけど。ねちっこく。『その菓子をどうしても食べたかったんか？　どぉーしても我慢出来んかったんか？　いや怒ってないぞ、ただな確認しんと』といった感じに怒ってくる。庶民派な所長だなぁ、と誰か思ったりするでしょうか。

「そっちの犬捜しが終わったらちゃんと協力してくれよ」

「分かってるよ。でも家出人捜しって、街の失踪事件と関係あるのかな」

　ふと気になってそんな質問をしてみる。エリオットは「いやぁ」と苦笑して頭を振った。

「多分ないと思うよ。そもそも失踪した人の名前と全く別だし、何より家出の旨を伝える書き置きもあったそうだ。でも逆に、依頼してきた親御《おやご》さんの方がその失踪事件と結びつけて心配してるんじゃないかな」

「ああ、なるほど」ぼくもクッキーを半分ほど齧る。ココアの味が舌に広がった。

それからお茶を啜って、湯飲みをテーブルに置く。組んだ足の上に広げていたそれを、「ふんふん」と順調に読めているかのように見栄《みえ》を張った。実際は躓《つまず》く部分も多いけど大まかに和訳は可能だった。

「英検三級に落ちたぼくでも案外、読み進めることは出来るもんだな」

「何だいそれ。犬マップじゃなさそうだけど」

「ああ、外国の新聞記事。ネットで拾って印刷してきた」

外国の島が地震の二次災害の津波に遭って、一ヶ月が経過した頃の記事だ。実際に起きたのは今から半年以上前なので、どちらにしても古い新聞ではある。

「英字新聞なんか読む趣味があったとは。てっきり小さい女の子のお尻しかその目で追いかけないとばかり思っていたよ」

「偶には嫌いな野菜も食べないとね」

うろ覚えだったから一応、確認しておいた方がいいだろうと思ったのだ。

大体読み終えて、新聞のコピーから顔を上げる。で、正面のエリオットを見据えた。

「うーむ」エリオットの腕を睨む。華奢《きゃしゃ》だ。光の粒子をふんだんに使用した、高級感溢れる贅沢《ぜいたく》な一品に筋肉質は似合わないということか。でもエリオットも当事務所に在籍していて犬猫捜しも担当するわけだから、足腰はそれなりに鍛えられていることだろう。

「なに？　スーパー照れるよ」とエリオットが小首を傾げているが、構わず観察を続けて懊悩《おうのう》とする。こんなに悩むのは壊れた冷蔵庫の買い換えに電器店へ行った日以来だ。

つまるところ、大して悩んでいないということなんだけど。

こいつで大丈夫かな。もっと腕っ節の強い奴、この間の殺し屋さんに頼める……はずがない。しかも彼はぼくに不意打ちで負けるような頼りなさだしなぁ。

自身の友達の少なさも相まって、今から一時間以内に揃えられる人材としては、エリオットが適任という結論が出た。何より厄介事に巻き込んで怒らないのは、こいつぐらいしかいないのであった。

「エリオット」

改めたように名前を呼ぶと、エリオットは柔らかく微笑んで言葉の続きを促す。

うむ、物腰もぼくよりは適任だ。何よりこいつは絵になる。

「そっちの仕事を手伝う前に、こっちも手伝ってくれないか」

「いいけど。何をさせようっていうのか」お、察し良いな。良い同僚だ。

「うむ、仕事内容を簡潔に話すとだね」

新聞のコピーをテーブルに投げて、エリオットの顔までの遮りを取り除く。

そしてその顔をニヤリと見上げて、ぼくに世界で一番相応《ふさわ》しくない言葉を押しつけた。

「名探偵になってみないか、エリオット」


「日本では自転車の二人乗りはいけません。よい子のみんなは真似しないでね」

などと架空のテロップを読み上げながら、今日も夏の日が降り注ぐ道を自転車で駆け抜けていた。蟬の鳴き声と木漏れ日、そして川のせせらぎが三重唱を奏《かな》でる田舎の夏が背景で展開されようとしているが、生憎とぼくはそんな青春に片足を突っ込んでいる暇などなかった。僅かに緊張を交えて、内臓全般が引きつっている。

せっかくトウキが荷台に乗って、二人乗りなのになぁ。その甘美さを手放しで享受する気になれない。まぁそういうのは帰り、トウキをアパートに送り届ける際に感じるとする。

「で、これはどーいうこと？」

アパートに迎えに来たぼくに、あれよあれよという間に連れ出されて自転車に二人乗りしているトウキが、参加させられた事態について説明を求める。ぼくの自転車の後方には同僚のエリオットも、赤と白のレジェンドカラーの自転車に乗ってご一緒していた。

「知ってる？　エリオットの乗ってるやつ、E．T．って映画に使われたのと同じモデルの自転車なんだよ」トウキの質問をはぐらかす為に、敢えて別の話題を振った。

「いーてぃー？」あ、やっぱり知らなかったか。「って、ごまかさないの」

「ぼくがトウキを外に誘うなんて、デートに決まってるじゃないか！」

「普通のときはそっちの発言をごまかして生きなさいよ」

いやはや。常にモザイクかかっている人みたいだね、ぼくは。

などとやり取りを重ねてトウキの質問を回避しながら、目的地であるコンビニの掲げる看板が遠くの視界に入ったので急ブレーキ。エリオットも隣に滑り込んで、ぼくより若干前に出てブレーキで停止した。そこでトウキを降ろす。

「コンビニに入って好きな物買っておいで」

財布から二千円札を取り出してトウキに渡してみる。受け取りつつも、トウキは訝しむようにお札の表面を睨む。「こんなお金あった?」うーむ、世代の差がこういうところで出てくるんだなぁ。ぼくも昨日、アパートを掃除していて久しぶりに見たけど。

「ちゃんと使えるから大丈夫」とトウキの背中を押して、少し強引にコンビニに向かわせる。「何よぉ」と唇を尖らせた拗ね顔が現在の人類の技術で表現し得る、最高峰の表情だということは疑うまでもなかった。その顔を維持したまま駐車場の敷地を踏む。

トウキの表情を十分に堪能してから、ぼくはまだ自転車に跨《また》がっているエリオットに言う。

「いいか、ぼくがやられたらエリオットはトウキを連れて逃げるんだ。エリオットがやられたら、ぼくがトウキを連れて逃げるから」助けるという選択肢はコストの関係で排除だ。

「いやなんかそれどうなっても私に得がないように思えるんだけど」

「国宝を守れるんだ、光栄に思え」

説得終了。エリオットは「太郎君の同好の士じゃないんだが」と何かに弁明しながらもその優先順位の変更は諦めたらしい。頬を掻いて、周囲に視線を巡らせた。

今日も空は色が濃い。ぼこぼこと気泡でも立っているような形の薄い雲が、その色濃い青の肌着のように空を覆っていた。昼からまた暑くなりそうだ。

トウキが最後にまた振り返りつつもコンビニに入店したことを遠目に確かめて、それからエリオットが自転車を降りた。道の端、塀《へい》に車体を寄せて、鍵をかける。

「ここにえぇと、その危ないマンが出てくるって？」

「火かきマン。あのコンビニの裏手にあるアパートへ手早く帰る為の路地がある。あそこはピザ屋の店舗の裏側でもあってね、残飯狙いのお犬様の通り道みたいになっているんだ」

最近は犬が棲み着かないように色々と工夫がされて、彼らも苦労しているみたいだけど。街の衛生対策とか野良犬狩りが行われると、犬マップの修正に着手しなければいけないので、ぼくとしてはそれが面倒だった。

「それで、そいつを囮《おとり》作戦で捕まえると？」

「ああ。日頃お世話になっている、街の皆さんへの恩返しという意趣もまぁ一割ぐらいはあるような気がしない」引き延ばして、本当はそんな気持ちはないと説明した。

「じゃあちょっと待っていてくれ」と断って、エリオットもコンビニに小走りで向かっていった。まさかトウキを口説きに行ったんじゃないだろうな、と半ば冗談で心配していたら、数分後、コンビニ袋を手にぶら下げてエリオットが帰ってきた。

「張り込み用のあんパンと牛乳？」

「いやいや。手ぶらよりコンビニ帰りを装った方が自然かと思ってね」

「おおっ」気が利く男だ、エリオット探偵。こういうきめ細やかな気遣いが、彼に優男以上の魅力を与えてババキラー……異性の人たちに人気なのだろう。いやまぁこいつの場合、性格が多少悪くてもモテそうだけど。

「でも今日、この時間帯にここへ現れる根拠があるのかい？」

エリオットの疑問に、ぼくは夏の日差しの如《ごと》き直線の返事で断言する。

「必ず現れる。トウキが現場の側にいるから」

そしてトウキが安全な場所で待てるように、コンビニの側を選んだのだ。神社は論外としてスーパーでも構わなかったんだけど、コンビニの方が近いというのが決め手だった。

「推理は省いてショートカットしないとね」

どうせ虱《しらみ》潰しに犬マップの地点を巡っていれば、いつか必ず火かきマンと再び遭遇するわけだし。多少、日程を早めても問題ないだろう。トウキを利用する形になるのがかなり本意じゃないけど、普段は喜んでとはいえ利用されっぱなしなので、一回ぐらいはいいかもなぁと思ったりしてこの作戦を実行に移したのであった。

それに何より、ぼくが火かきマンの不意打ちによって『失踪』させられたら、トウキはアパートで生活することもままならない。経済的な面で、彼女はぼくを求めているのだ。

だったら早々に、火かきマンにはご退場願った方がいい。

「で、どっちが囮をやる？」

腕っ節に自信のなさそうな笑みを漏らすエリオットが、喧嘩《けんか》はからっきしで三級品のぼくに役割分担の意見を求めてくる。「うーん」それは昨日から悩んでいたんだよなぁ。

ぼくは犯人に顔が割れている。だから犬マップ、というより相手にとっては人の失踪ポイントに二日連続でこの顔が現れたら、警戒して出てこないのではないか。逆に失踪地点を探っている、と勘違いして焦った野性の火かきマンが物陰から飛び出してくる、という解釈もあり得る。だけど火かきマンはあの引き際の鮮やかさから、慎重な性格であるとも推測出来る。まだ顔を誰にも明かしていないぐらいだし。だから当然、ぼくとエリオットが二人揃って路地を通っても彼を見逃すだろうから、囮と奇襲にそれぞれ役目を分けるのは確定しているんだけど。

巻き込んだエリオットに、危険な囮の方を任せるのも気が引ける。まぁ相手が顔見知りのぼくには絶対に襲いかからない、剛胆さの一切を兼ね備えない小心者と判明したら別の場所で他の作戦を立てればいい。火かきマンも、自身の行いを諦める気はなさそうだし。

「ぼくが囮として歩くから、エリオットは表通りにでも待機していてくれ。襲われたらすぐ叫ぶ」どんな内容を叫ぼうかな、と不謹慎にも楽しさを覚えて、僅かに胸が躍った。

「構わないよ。終わったらついでにここの犬捜しも手伝おうか？」

「あぁ、まぁ……うん」曖昧《あいまい》に首を縦に振る。

今日は、犬猫捜しが本職だって敢えてここで言い張らないぞ。これも仕事の内だから。

「そういえば護身用の武器とか持ってきた？」とエリオットに確認を取る。

遠足に必要な道具を持ってきたか生徒に確認する先生みたいな聞き方にしては、随分と物騒な内容だな、我ながら。

「任せてくれ」と手ぶらにしか見えないエリオットが自信満々に頷いた。素手エリオットが増援に来ても返り討ちに遭いそうだから些か不安が募ったけど、まぁ大丈夫だろう。

何だかんだで頼りになる奴なのだ、エリオットは。浮遊感があって、不可能なことが特になさそうな雰囲気を漂わせている。その独特のふわふわな空気を保ったまま、一歩、エリオットが作戦に移ろうと歩を進めた。またすぐに振り向いて、ぼくの肩を揺すってきたけど。

「あ、太郎君」

「うん？」

「危ないマンを私たちで捕まえる理由をまだ聞いてなかった。警察を出し抜く理由だよ」

「追々話すよ。無事に身柄を確保出来たらね」

「分かった。楽しみにしているよ」

そう言ってエリオットが、コンビニと正反対の方から歩いて、表通りへ向かった。

一人残ったぼくは、「参るなぁ」と帽子を深く被り直す。

後のお楽しみにされても困るのだった。

この流れでは、ぼくにとってすっごい当たり前のことを質問するだけなんだけどね。

「さて」と右肩をぐるんぐるんと回してから、エリオットと反対の方角へ歩き出す。

わざとのんびり、ふらふら駐車場に入ったり出たりと、千鳥足のように道を進む。

コンビニの前を通りかかるとき、窓側の雑誌類の位置に立っていたトウキがぼくに小さく手を振ってきて、危うく突撃しそうになった。手を振り返すわけにいかなかったので、ニッと笑うだけで反応を留めた。しかし、ぼくは各所に謝るべきなのかねぇ。

トウキという裏技で様々な過程を吹っ飛ばして犯人とご対面しようだなんて、その卑《ひ》怯《きょう》さに名探偵のお歴々から苦情が来そうだ。でも、ぼくは推理出来ない探偵だからな。

特殊な法則にでも組らないと、とてもじゃないが大事件なんか取り扱えない。

エリオットから渡されたコンビニの袋をぶらぶらと揺らして、裏路地の方へ入る。放置された自転車が途中にあって、そのベルを指で弾いたら存外、大きな音が路地に響いた。表通りの自動車の音が、奥へ歩く度に遠ざかっていく。

「何買ったのかな」とぼそぼそ呟きながら、敢えて隙を晒そうとコンビニ袋を覗き込む。エクレアに、野菜ジュースに、そして美麗な表紙で中身を悟らせないエロ雑誌（素人投稿系）がピックアップされて袋に突っ込まれていた。「オイ」エリオット、何しとん。

ぼくに十八歳以上という皺《しわ》だらけの葡萄《ぶどう》の価値を植えつけようというのか。洗脳反対、っていうかあいつはあの涼しい顔でこの雑誌をレジに突き出したわけだ。凄すぎる。

「きっとエリオットなら、こういう雑誌を買っても許されるんだろうな」

ぼくが手に取ったら目立たず、日常の風景として埋もれそうだ。ロリコンとしては屈辱以外の何物でもない。そんなときが訪れたら仲間に申し訳が立たないのだ。

まぁ、仲間は大抵、犯罪者として逮捕されていったり、殺人鬼だったりするのだけど。

路地を半ばまで歩き、左右の灰色が濃くなる。見通しの悪い、古めかしいビルと明るいコンビニの裏手にそびえた高い塀で囲われた、ドームの通路みたいな空間。

犬は物陰に隠れてジッとしていたり、建物の人目につかない位置に潜んでいたりするんだろう。そういう意味でここは、山奥で犬に襲われるのと同じ危険を孕《はら》んでいた。

主に火かきマンの所為で。

そろそろかな。ぼくの今通っている位置はビルの陰が多くて、相手が隠れやすい。足音が紛れる為の自動車の音も、数歩前へ出たら完全に失われてしまうし。

では。

だー

るー
まー
さーんが、
「転んだっ！」格好つけて振り向き、ジェラルミンケースを振り回す。半回転して、背後の空を切った。横だった。横に火かき棒。いつも隣に火かきマン。タオルで顔を隠して「ちょんわっ！」乱暴な火かき棒の一閃《いっせん》を、肘で弾いて致命傷を避ける。ちくしょう、いてぇ。折れてはないようだ。ああそうだ、距離を取るのはいいけど叫ばないと。
「地球のみんな、コナン君の飲んだ薬を飲んでくれぇぇぇぇぇぇぇぇぇぇぇぇ！」
素直な心情を吐露して表通りの仲間に危機を知らせる。しかしその咆哮《ほうこう》に全く怯まない火かきマンは浅く踏み込み、火かき棒を強く振るってくる。ぼくはそれをケースの腹で受け止めて、昨日に引き続いて更に銀色の塗装を剝がされる。「ちくしょう！」叫ぶ。
火かき棒を弾き返して、ジェラルミンケースを切り返す。基本的に振り回す以外にあまり用いられないぼくの武器は、攻撃が単調になる。火かきマンも早々にそれを学習して、ジェラルミンケースを軽々と避《よ》けた。ビュ、と風を切る音が虚《むな》しく響き、音もない火かきマンの動きの美しさを強調するようだった。火かきマンの腕がぼくに突き出される。

火かき棒の先端で心臓付近を強く突かれた。「がぇっ！」と奇声を発して呼吸困難と混乱を押しつけられながら、ぼくは塀に背中を叩きつける。「が、ほ、ほ」心臓が痛いというより苦しい。骨も大丈夫なのか怪しい。それでも地面に膝を突き、塀の下に座り込んでいる姿勢から辛《かろ》うじて復帰はするものの、距離を詰めた火かきマンの振り下ろしには対応出来そうにない。相手の動きもゆっくりだけど、ぼくの時間は既に止まりかけだった。

その火かきマンの行動を制したのは、「待てぃ、悪人！」ぼくから注意を逸らす為に敢えて声を張り上げてくれた心遣いは嬉しいけど、時代劇かぶれの外国人ですかアナタなエリオットだった。路地に乱入してきた謎の粒子男に火かきマンは舌打ちを漏らす。

でも取り敢えず、振り上げた火かき棒をぼくの頭上に振り下ろしてきた。ぼくがそれを、大雑把に掲げたジェラルミンケースで弾いて、傾かせて軌道を逸らすと火かきマンは一瞬にして踵《きびす》を返し、エリオットの方を向いた。始末出来なかったが手負いのぼくを放置して、先に背後を取ろうとするエリオットに対応するつもりらしい。丸腰にしか見えないエリオットに、火かきマンが遠慮なく距離を詰めていく。エリオットはわざとらしく腰を引かせていた。「待て」と叫んでおいてその態度はないだろう、エリオット君。

そして火かき棒の射程距離にエリオットの顔面が収まった瞬間、カウンターのようにその手が相手の顔へ伸びる。火かきマンはそれを触れられないギリギリの距離で避けて一撃を加えようと試みるが、エリオットが素手にしか見えないその手を空振りさせると、火かきマンは途端に悶え苦しみ出した。呪術《じゅじゅつ》？　魔法？　ドラゴンボール？　と疑問は膨れあがるが、逃してはならない逆転の好機なのは確かだった。

ぼくは膝を地面から離して一歩大股《おおまた》で踏み込み、野球のスイングの要領で横に思いっきり振ったジェラルミンケースを火かきマンの脇腹に叩き込み悶絶《もんぜつ》させて、更に抵抗意欲を奪うべくトドメの一撃を、鳩尾《みぞおち》に突き刺した。ケースの角だから、さぞ痛いだろう。

「お返しだ、この野郎」こっちもまだ、心臓が痛い。恋以外で痛めてどうする。

火かきマンの顔を覆うタオルが、恐らくは口から漏れる息でぶわりと舞い上がって一瞬、その素顔が露わになった。マンであることは間違いなさそうで、呼称のミスはなかったとまずは一安心。

怪しい攻撃を見せつけたエリオットも、手のひらを払いながら近づいてきて火かきマンを見下ろす。「凶悪犯なんて初めて肉眼で見たよ」と、妙な感動に浸っているようだった。

「さっき、何したんだ？」手を払うだけで倒すとか。ハリーにポッター？

「握り込んだ唐辛子《とうがらし》の粉を相手の顔に振りかけたんだよ。相手が目を隠しきっていなかったのが幸いだった」と、まだその手のひらに残った唐辛子を払い落としているエリオット。

「ああ……」それ、なんかの料理漫画で読んだ記憶がある。エリオットは料理漫画の類を愛読しているからな、事務所の応接テーブルにもたくさん積んである。その癖《くせ》、自分は料理をせずにデリバリーのピザが大好物だというのだから、本当に変わっている奴だ。

ま、エリオットの奇妙な生態はともかく。

「怪我《けが》は大丈夫？」エリオットがぼくの顔色を見て気遣ってくる。

「なんとか。助かったよ」親指を立てた。エリオットの親指といじいじ、腹を擦らせる。

袖の下で肘がぶくぶくと膨れあがっている感覚があるし、心臓付近の肌の内側で虫でも言っているんじゃないかという奇妙な激痛はあるが、行動不能ということもなさそうだ。

それからジェラルミンケースに放り込んできた洗濯紐で火かきマンの両手首を後ろに縛り、ついで同じく用意したガムテープで足をグルグル巻きに仕立てる。

火かきマンは足の拘束を嫌がって、途中で暴れていたがジェラルミンケースで腿を潰すと大人しくなった。その隙に巻き付けを終えて、額の汗を拭った。

順調に仕事が終わって、ぼくとエリオットは間近で顔を見合わせて、笑い合う。

「作戦完了」

掲げたエリオットの手とハイタッチを軽快に交わす。痛え。

探偵というより陽気な人攫《ひとさら》いの集団みたいだな、ぼくたち。


「誰これ」というのが、路地に縛られて転がる男への、トウキの一口感想だった。

買い物を終えて退屈になったのか、ぼくらを捜して現場へ来てしまったトウキがレジ袋とその中身を揺らしながら、男を覗き込む。「まだ危ないからぼくの後ろにいて」と、右腕で遮ってトウキを背後に回らせた。「太郎君はその子の騎士みたいだね」と、ぼくの隣に立つエリオットが微笑ましいものを見るような顔つきで呟く。

「どっちかっていうとエリオットおじさんの方が、騎士とか王子っぽい雰囲気だと思う」

トウキが答える。桃姫の騎士は配管工のおじさんだろう、と思いつつもそのトウキの言い分には賛同する。髪の緩い曲がり方とかが申し分なく王子様臭かった。

さて。

拘束されていて尚《なお》、活《い》きの良い海老《えび》のように蠢く凶悪犯を見下ろして、ぼくは言う。

「また出会ったな、火かきマン」

「いや火かきマンじゃなくて、タオルマンじゃないか？　インパクト的に」

エリオットが漫才の相方みたいな立ち位置でぼくに突っ込んできた。

「確かにタオルは目立つけど、外したら火かき棒しか特徴ないぞ」

「いやそんなこと言ったら火かき棒手離したら、タオルしか……」

まるで超人ヒーローの名前を考案するように、エリオットと議論を交わす。そうこうしているうちにトウキが「えいっ」と火かきマンのタオルを剝ぎ取り、火かき棒を路地の奥に蹴っ飛ばしてしまった。ああ、マンになってしまう。あの火かき棒って証拠品だろうに。しかも改めて見ていたら、あの火かき棒は短い。ぼくの記憶、といっても参考にしているのは映画なんだけど、もっと長かったような覚えがあったけど、マンの持っていた火かき棒は短かった。あれなら重すぎて携帯出来ないってことはないだろう。

で、剥き出しとなったマンはフェイスがニューだった。ノリで意味不明に言ってみたが、犯人は若々しい青年だったと伝えたい。唐辛子の影響で顔面や目が腫《は》れていたりして、酷い顔になってはいるけど。

「ただのマンだと寂しいから、まずは身元を確認させて貰おうかな」

言ってエリオットが屈み、青年のジーンズの後ろポケットから財布を抜き取る。ここだけ抽出して映像を流されたら、ぼくらが完全に路上強盗と見られるだろう。

「免許証発見」とエリオットが戦利品をぼくの眼前に見せびらかす。青年はそれを口《く》惜《や》しそうに睨み、下唇を噛みしめている。ぼくの背中に回されたトウキは「見ーえーなーいー」と、免許証を覗こうと飛び跳ねていた。こっちもその可愛さに飛び跳ねたくなる。

「おじさん、もっと屈んで」とエリオットの首の裏側を摘んで引っ張る。「はいはい」とエリオットは苦笑したように膝を曲げて、トウキの背丈に見合う高さとなった。

ここはぼくも黙っていられない。トウキに首を差し出す。「ぼくの首も引っ張ってくれ」「ルイージのなら絞めるわよ」ぎゅーっと。ぐえーっと。ふふふ、トウキの手のひら独占。


だが肺もトウキの愛らしさに独占されて空気の入る余地がなく、死にそうになった。

若干の酸欠になりながらも、三人でエリオットの持つ免許証を確認する。

「ちゅーじょーたくや」とトウキが名前を読み上げた。漢字では中條拓也。名字は『なかじょう』の可能性もあるなぁと考えたけど、口には出さない。今年で十九歳か。

その中條だか中条の拓也は、見下ろされるのが屈辱なのか、とにかく不機嫌面で地面に唾を吐いている。ぐねぐねと身体を動かして、隙あらば襲うぜと威嚇する蛇のようだった。

そしてぼくたち三人を代表して、エリオットが尋ねる。

「きみはなんだ？　通り魔かい？」

「逆に尋ねたいよ。何なんだ、あんたら。特にそっちの、帽子の奴」

一歩引いて事の成り行きを見守っていたぼくを、中條拓也がその掠れ気味の声でご指名する。え、ぼく？　という意外性を前面に押し出した顔で、せっかく引いた一歩を前に出した。

「ぼくは昨日、きみに神社で襲われた善良な一般市民だ」

「知ってるから聞いてるんだよボケ」

口の悪い若者だ、中條拓也。言動からは行動の慎重さがまるで窺えない。だけど警察に今まで逮捕されることなく犯行を重ね、そしてぼくやエリオットを仕留め損なったら即座に逃走を図る判断力が彼には備わっているはずだった。今は少し興奮気味なのかも知れない。

「えー、そんな話聞いてないし」

トウキがぼくの手を引いて、咎めるように口を挟む。「心配かけるかと思ってね」

「むしろ喜ぶわよ、事件を解決する良い機会なんだから」予想通りのお返事だった。

「でもこのちゅーじょーたくやって、何の事件と関係しているわけ?」

犬マップを見たことがないトウキはこの場所にも気づかないようで、首を傾げる。

「おい、俺の質問を何だかんだで流すな」

中條拓也が食いしばるように歯茎を剝き出しにしながら、上体を反らしてぼくらを見上げてくる。当然、それにぼくは答えない。今度こそ探偵であることを隠し通さねば。

エリオットが横目で、ぼくの意向を伺ってきた。こいつをどうするのさ、って。

「ぼくが質問したいことは一つしかないから、その前に何か聞きたいならエリオットに任せるよ」そう一任してまた、中條拓也の側から退《ど》いた。チャンス、とばかりにトウキがエリオットの隣にぴょんと飛びつき、中條拓也を興味深そうに見下ろす。

中條拓也が行動不可能なのは紐で結んだ自分が一番その手の感触で知っているけど、それでもトウキが側に近寄るのは不安だった。だから一応、「危ないから下がって見なさい」と注意してみたけど、振り向いて「べー」と舌を出されるだけだった。目撃したぼくのペドメーター（万歩計ではない）を振り切るその仕草に、つい目頭を熱くする。している場合ではないような気もするが。とにかく、トウキ最高。と、中條拓也も思ったかな。

エリオットは少し迷っているように空を仰ぎ見たり、レジ袋の持ち手を指で弾いたりして無言を続けていたが、やがて口を開く。

「私は警察に捜査協力を要請された探偵だ」

開口一番、大嘘が飛び出す。涼しい顔して嘘つくのが上手いエリオットは、中條拓也の怪訝《けげん》な表情が何か疑問を生み出す前に、嘘の続きを繋げていく。

「警察の捜査線上に浮かんだ容疑者の君をずっとマークしていた。囮になって身柄を確保しようというのは私の独断だったが、結果は上々なのでホッと一安心している」

高齢……もとい妙齢のご婦人を口説く技術に定評のある男は、嘘も達者だ。物事の真偽など駆け引きの一環と捉えているのだろう。幼少期もこんな性格だったんだろうか。

「ちなみに彼は私の協力者だ」と、親指でぼくを指し示す。お、紹介が上手い。

「君は街の失踪事件と関係しているのか？」

自己紹介を兼ねて嘘を捲《まく》し立てた後、エリオットが本題に入る。恐らく興味本位全開で、中條拓也の正体を暴くつもりなのだろう。中條拓也は、質問に答えないようだが。

エリオットの足首に嚙みつきかねないような険しい顔つきで、その口や舌が滞りない会話に神経を傾けることはなさそうだ。エリオットは構わず、言葉を重ねて上書きする。

「どうして私や太郎君を襲った？」

「……太郎君？」何故かそこだけ反応を示す。

「後ろの彼だ」もう一回指差されたので、ご指名されたので、中條拓也に会釈《えしゃく》する。中條拓也は鼻を鳴らして、目を逸らした。そのつれない態度をつい、変えてみたくなる。

ぼくはエリオットの問いに、中條拓也の代わりに答えることが出来た。

普段はまるで『閃けない』ぼくが、犬捜索と関わることで多少は考えが回った結果だ。

「あ」と思ってしまうけど、もう咄嗟に唇の動きを止められない。

だから口を開ききってしまう前に、エリオットに心の中でこう忠告を送る。

後ろから来るぞ、気をつけろ。

「ぼくらの肉を犬に餌として与える為」

中條拓也の顔が一気に模様替えされた。覆っていた布が外されて新装開店の派手な看板をお披露目するように、驚愕が丸出しとなっていた。

エリオットとトウキも、ぼくに振り向いて注目してくる。あー、しまった。失敗だ。

「だよね」と、ぼくはつい出してしまった口を後悔して、目を逸らす。

「どうして」と中條拓也は狼狽した声をあげる。結構分かり易《やす》かったんだけど、当の本人は絶対に誰も気づいていないと確信していたのかな。

人類を馬鹿にすんない。地球に幾つ、他人の脳味噌《のうみそ》があると思ってるんだ。

「あんた、見たのか？　神社で、木の下で」

「いや、実物は何にも発見してない。色々と調べて、そうなんじゃないかって思っただけ」

犬の溜まり場で失踪するということ。

失踪した人間がか弱い女性じゃなく、体格の良い男性ばかり。

食べ甲斐はそっちの方があるだろうなって。

そうそう、朝から読んでいた外国の新聞に紹介されていた。地震による津波から避難した人たちの飼っていた犬にまで救援の手が及ばず、結果として彼らが人間の死体を食い漁り出したという記事が。

犬は、はぐれてから一週間は飼い主を捜すが、その後は日々の糧を優先するようになる。そして、宗教の関係で火葬にしないその島では、埋葬前の死体が放置されていてそれを、犬の集団が貪《むさぼ》り食ったらしい。そこまでは、犬が誰に責められる謂われもない。

しかし問題は、犬が一度でも人肉を口にすることでその味を覚えてしまうことだ。人間が食糧と見なされてしまう。そうなると躾の為《な》されていた犬でさえも牙を、人間に突き立てるという。早い話、好戦的になるのだ。あのスーパーの側に棲み着いていた犬のように。

あの神社の掘り跡を確かめれば、犬の食用に適さない部位、人骨が出てくるんじゃないだろうか。今、中條拓也が滑らせた口はそれを語ろうとしていた。

だから、街を騒がせている失踪事件は、本当は……なに事件かな。殺人を基盤とはしているけど、野良犬からすれば天の恵みだったろうし、何事件と名付ければいいのか。

　人と犬の間で中立になる良い名前を、いずれ考えることにしよう。

「うわぁ」とさし当たってトウキの口だけが引いている。エリオットは中条拓也の表情から正解を読み取り、笑顔を消す。ただ穏やかな口周りは変わらず、柔らかい調子の言葉を紡いだ。

「質問変更。どうして人間を犬の食糧にしようと思い立った？」

　エリオットの興味はそこに推移したらしい。トウキのように表面だけでも引いている様子はない。グロイのはキャトルミューティレーションで慣れっこさ、というお星柄（遥か未来に生まれるであろう言葉を先取り）を発揮したように、エリオットは動じない。

　そういうところが、自称宇宙人という肩書きを笑えなくするのだ。

　狼狽していた中條拓也が、今度は吠えた。飢えていない犬のように、呻《うめ》き声には随分と余裕があったけれど。

「一人の命で、何匹もの犬が一日、ないし二日、寿命を延ばせるんだぞ。効率的じゃねえか。俺は、無駄なことをもうしたくなかっただけなんだ」

「…………………………………………」三人で顔を見合わせて、首を傾げる。

二人は効率的ってとこが、どうも納得出来ないのだろう。ぼくもだった。

「何だ、そろいも揃って間抜け面して。命は平等なんだろ？　だったら効率良く使っていくべきじゃねえか。それにこの土地は人間が生きるのは簡単だが、野良犬が生活するには苦労するんだよ。ちょっと手助けして、何が悪い」

「いやそれなら、ドッグフードを与えればいいんじゃないかな」

ぼくがそう指摘すると、中條拓也が噛みつくような勢いで反論してきた。

「そんなに金が続くわけないだろ！　貧乏学生だぞ！」

「……なるほど」

納得する気はなかったけど、他の二人が反応を示そうとしないのでぼくが答える。

そして「ぼくから言えることは」と前置きして、少しずれて唐突な感想を口にする。

他の部分、命の在《あ》り方とかそういうものに触れようとは微塵《みじん》も思えなかった。

「君は運が良かった。もしぼくが失踪者捜しを依頼されるような名探偵だったら、君をこんな程度で許さなかったよ」

多分、依頼したご家族や親しい人も。この動機を聞けば、ね。

彼らはそこらの犬より大事な人を失ったわけだから。

中條拓也は唾を飛ばしてそれが地面に落下して更にそこに頰を擦りつけなければいけないような体勢にも拘わらず、環境面の愚痴より先に青年の主張をぶちまけようと口を限界まで開く。

「それがっ！」「はいストップ」

そこまでだ、と中條拓也の言葉を止めたのはぼくだった。心情を事細かに説明するのが面倒なので、三人称風に語ってみたけど、まぁそんな感じでトウキの隣に並ぶ。歯がゆそうな中條拓也を見下ろして、帽子の位置を指で直す。先程の大捕物《おおとりもの》の際にずれてしまっていたようだ。直し終えて、浅い溜息を二度に分けて吐き出した。

つまり中條拓也は一人の命で百人救えるなら投げ出すぜ、を犬に適用したわけだ。それは分からんでもない。行動力もあっぱれ。その思想だけで手足を振るい、四人もの人間を葬ったのだから。

この街には珍しい性格の青年だ。余所《よそ》の殺人事件がスーパーの特売日級の頻度で発生する街とかにでも移住すればどうだろう、馴染《なじ》めるかも知れないよ。そんな街、探すのが面倒で恐ろしくて、ぼくなら尻込みしてしまうけどね。

で、話題を戻すと。

何より中條拓也の行動は美しい。人間を相手にした善意を振りまいていないからだ。

賞賛という、手っ取り早い見返りを求めていない。名探偵とは対極だ。

世の中の謎を解明する名探偵には賞賛が付きまとう。そもそも誰かに褒められないようなら、『名』は頭につかない。名は名実の名。名声の名。様々な名がそこにある、けれどそれは全て他人から与えられるものなのだ。賞賛として。名探偵は成金に近い。

中條拓也の行動には自己満足が多く含まれている。勿論、誰の行動だってそうだ。だけど中條拓也の殺人は、犬に対する純粋な善意に満ち溢れている。犬は言葉で応えない。感謝さえしていないかも知れない。だが、そんな物求めてはいないだろう。

中條拓也はそういう意味で、犬や猫を捜す探偵にとって理想に近い形の思想を持っている。ボランティアと、仕事の違いがそこにはあるのだろう。

全てのボランティアを肯定することはないけど、時々、眩《まぶ》しさを感じたりもするのだ。

例えば、こんなときに。

だから中條拓也の行動に、失踪事件の真意に気づいたとき。

あの廃ビルの暗がりで、ぼくは涙を流したのだ。

しかしこれ、犬猫捜しを主とする街中の探偵を自画自賛しているようで、もっと長々と肯定と否定を交えるのは心苦しいものがある。

更に。ぼくは自分にもあるこの長々とした想いを、口外はしない。ろくでもないからだ。感性の不足した言葉は、他者に天啓も、閃きも錯覚させない。それを中條拓也にも、この場では適用させて貰う。

「きみに熱い主張があるのは分かった。だけどそれを受けて立ち、討論して、真理を紡ぎ出すのはぼくの領分じゃない。戦う相手と訴える相手、間違えないように」

そう、中條拓也の憤《いきどお》りを制した。ぼく如きを相手に、若者が完全燃焼してはいけない。というかそんなもん、付き合いたくない。ぼくの仕事はそんなことで給金が貰えるわけじゃないのだ。そして、探偵は哲学に拘り出した瞬間、『名探偵』になってしまうのだから。

地に足を着ける為には全力で、否定しないといけない。

ぼくはきみの抱えた事件の大きさなんかに、これっぽっちも興味がないのだ。

「エリオット、もういい？」

「うん」とエリオットが視界の隅で顎を引く。それからトウキは今回のぼくの活躍を

「六十点」と評した。多少は推理モドキを披露したから、その意欲を買っての点数だろう。

悪い気はしないけど、ぼくは初志貫徹の方が性に合っていた。

性癖同様に。

「中條拓也君」

「……なんだよ、改まって呼ばないでくれ。薄気味悪い」

「犬の溜まり場に詳しいなら、この犬に見覚えはない？　この子を捜しているんだ」

捜し求める、愛しのコロの写真をケータイで中條拓也に見せつけた。中條拓也にとっては予想外の質問だったのか、歳《とし》より二年は若い、幼げな表情で目を丸くする。

「保健所の職員には見えないから……あんたも、探偵か？」

「ありゃ」

また看破された。今回は出しゃばらなかったし、上手く終わると思ったのに。

やれやれ参ったね、と同僚に肩を竦《すく》めてみせると、その同僚はぼくを訝しんでいた。今回のぼくの行動を推し量るように。

「ひょっとしてそれを聞く為だけに、警察に通報する前に彼を捕まえたとか？」

そのエリオットの問いに、ぼくは事務所の出発前同様、悪戯を持ちかけたように笑う。

人生、ショートカット出来る部分はしておかないとね。

「コロちゃんはこちらの子で間違いありませんか？」

同じ日の夕方。抱きかかえた腕の中で四肢をばたつかせている犬を、探偵事務所のあるビル前に呼び出した大菅さんにお披露目する。

中條拓也は意外に素直に見かけた場所を教えてくれて、しかもそこに嘘がなかった。最近の若者は表向きが捻くれていても、根が優しい傾向にあるようだ。

彼の場合、行動の動機も純粋だったし。

大菅さんは犬を一目見るなり「そうです！」と鋭く叫び、バスケで目立とうとする生徒のようにヘイヘイ寄越せとばかりの合図を手で送ってくる。行け、コロちゃん。あ、ちなみにトウキはあの後、ぼくがアパートに送りました。

コロを放すとまるで空中を藻掻《もが》くようにぼくの腕を蹴って跳躍し、飼い主の手に飛びついた。毛並みは少し荒れていたが、痩せた様子もない飼い犬を眺めて、大菅さんが満面の笑みを浮かべる。コロは決して小犬ではなく、むしろ重量に難のある体型だったが大菅さんは何も苦を感じていないように抱きかかえている。自身の赤ん坊を抱くように慈愛に溢れていて、ぼくの喉や鼻がグッと詰まりを覚えた。

目を逸らすついでに、『これは太郎君の仕事だから、私の協力はここまでだ』と格好つけて逃亡したエリオットに恨み節を込めて、ビルの外から三階の窓を睨みあげる。

まぁ中條拓也を警察に連れて行って貰ったわけだし、面と向かって文句は言えないけどさ。

これでエリオットが名探偵と世間で噂されて、仕事の依頼が大量に舞い込んできたらどうしよう、と取らぬ狸《たぬき》の皮算用は程々に、大菅さんに視線を戻す。

「こんなに早く見つけて頂けるなんて、頼んだ甲斐がありました」

大菅さんが大げさに頭を下げる。抱かれたコロは地面に尻尾《しっぽ》が付くんじゃないかというほどずり落ちて、慌てたように大菅さんの手に縋っていた。

「いえ、今回は幸運が重なりましたから」謙遜《けんそん》じゃないところが虚しい。

それでも大菅さんは、ぼくというか、探偵の存在に一目置いたらしく尊敬の眼差しと一目で分かる視線を寄越してくる。そういう視線は中学時代、就職体験の一環で幼稚園に働きに行った日に、女の子から頂戴したかった。男の子と遊ばされてばかりだったからなぁ。

「代金は後日、改めてお願いします」

コロと大菅さんの組み合わせと長々、向き合いづらいので早口で話を進める。

「はい。それじゃあコロちゃんもバイバイしましょう」

大菅さんがコロの前足を持ち上げ、ぶんぶんとぼくに向けて横に振る。

ぼくはそのコロの前足と握手（？）を交わそうと、感傷混じりに手を伸ばすと。

可愛らしいコロがぼくの手に噛みつき、その牙を赤い血に濡らした。

がぷり、とごぷり。

牙は深くぼくの中指を捉えて、肉をブッブッと噛み分ける。大菅さんが大慌てでコロを引っ張ると、指の肉を僅かに食い千切りながら、ぼくとの距離を取る。

こぽ、と血が石の下に隠れていた空気のように傷に溢れた。

その傷はあっという間に夏の熱気に焼かれて、煮沸《しゃふつ》消毒されたように高温で滾《たぎ》る。

コロはぼくの傷を睨み続けて、尚もがうがうと、続きを所望するように牙を剝く。

大菅さんがまぁまぁどうしましょうと目を白黒させた。

ぼくはコロの歯にこびりついた自分の肉を見つめながら、にこやかに口を開く。

「気にしないでください。ぼく、犬に好かれませんから」

三章　『ぼくがルイージな理由』

死体が突っ込まれていた。

「…………………………………」帽子を被り直す。欠伸《あくび》をして、たまげた。

「べっくらこいた」と口で言いつつ、静かに心臓を高鳴らせる。すーはーすーはーと深呼吸をゆっくり、回数を増加させながら息を整える。そして、もう一度死体を見下ろした。

死体は探偵事務所が入っているビルの一階の屋内、入り口からエレベーターまでの広い廊下にある青いバケツに突っ込まれていた。一見すると五十代のオッサンだ。顔面の右側が鈍器か何かで殴られたのか腫れ上がり、噴出した血液で彩《いろど》られている。陸に上がった魚類が水を求めるような顔をしていた。

「あー……参ったな」なんでこんなとこに死体がいらっしゃるんだろう。爽やかで粛々と、蟬の鳴き声と快晴に見舞われそうな夜明け前に臭《にお》いだけが生臭くなる。

ゴミ捨てに訪れたぼくは自分の一歩後退った足音がビル内に響くのを嫌って、バケツの側にしゃがみ込む。ビルに勤めている人がゴミ箱の代用品として利用している巨大な青バケツに、折り畳まれて入っているおじさんは窮屈そうだ。そりゃキツイよな。「見覚えある気がするな」顔面が膨れていて、原形留めていないけど。逆にこんな顔を見覚えあるなんて言っていたら、その記憶にある人に失礼かな。おじさんの割に服が若者向けの雰囲気がする。いや、ぼくは大体服装が固定なので、よー分からんのですが。

「まだ若いつもりなんだけどなー」二十三だし。大学出たての新社会人と一緒だ。

座っている硬質の床で尻が程良く冷える。足の裏を叩きつけると、靴と足の隙間にある空気が弾けるような音に重なって、高音が響いた。ぼくの好きな足音より、少し激しい。

「死体かー」手の中にある、事務所のゴミを詰めたポリ袋をパンパンと叩く。昨日の飲み食いによって出たゴミが、分別してあるのか怪しい詰め方で袋を膨らませている。

それとバケツの蓋《ふた》。死体を守衛さんの目から覆い隠していたにくい奴。それを勇者の盾みたいに構えて、外の窓からぼくの顔を隠してみる。意味はない。世の中大抵、意味がない。

「警察に連絡しないとね」

日本の平和極まりないビルに突如現れた、死体の発見について。

「多分、」トウキが事務所に寝泊まりしている所為かな、珍しく。昨日は事務所で凄く盛り上がったのだ。飛騨牛こと所長がスーファミを事務所に持ってきて（彼も探偵のはずです）、昼間から桃鉄《ももてつ》大会を始めた。浮気調査に関わるとき、依頼人が女性だったらお前を相手に浮気始めるんじゃないかってぐらいの色男ことエリオットも家出人捜しが煮詰まっているのか賛同して（探偵です）、事務所の扉に本日休業のシールを張りつけた。

ぼくは以前、飼い猫捜しを頼まれたお婆さんにお昼ご飯どーうと誘われていたけど泣く泣く断る羽目になり（一緒に食べる予定だった孫の女の子が七歳なのだ）、四人いた方が面白いと所長が喚《わめ》くので、トウキを誘ってみた。アパートで退屈を持て余していたトウキは一も二もなく承諾して、『迎えに来て』とぼくの自転車を呼んだわけであった。

それから『ピザが食べたい』とエリオットが言い出してトウキも賛成したので新聞に挟まれていたチラシ見てデリバリー頼んで、四人でミックスピザ食べながら桃鉄した。

ぼくは事前に予想していたけど、トウキの圧勝だった。サイコロの次の目が、『何となくの勘』で分かる子にボードゲームでどう勝てというのか。無理ッス。

　ということで、一人余裕綽々に日本統一の勢いで勝ち進んでいるトウキとは空気を違えて、ぼくら三人の二位争いが熾烈《しれつ》になっていた。相手が不幸に陥るとやたら喜ぶ飛騨牛が妨害カードを使いまくって場が大いに荒れたり、宇宙的な意思とかぬかして予想外の行動に出まくるエリオットが場を乱したり、とにかく盛り上がった。酒も飲まないのに、酔いが最高潮に回った居酒屋の大学生グループより盛況だった。

　明日のお隣さんからの苦情が怖い。女性の下着開発をしているらしいけど、テレビの音がうるさいですってしょっちゅう、テレビっ子の飛騨牛所長が怒られているのだ。

　閑話休題。

　昨日は午後十一時ぐらいまでゲームで遊び続けて、最初に意識の器が睡魔に満たされたのはトウキだった。ぽて、と横に倒れたのでぼくは当然、彼女にタオルケットをかけてからそこに潜り込んだ。エリオットに、にこやかに蹴られた。くそ、ロリコンの敵め。

　日本人はみんな、ロリコンなんだよ！（多少の語弊あり）「私は外人だ」都合良く変化する国籍である。一体、何処の国の人なんだ、星まで違うような雰囲気出して。

　次に床に伏したのは所長だった。毒か睡眠薬でも盛られたように、唐突にばったりと俯せに転倒した。コントローラーを握ったままで、スーファミには存在しない箇所のボタンを押そうと指が必死だったので、エリオットと一緒に暫く観察していた。

それから日付が変わってから午前二時ぐらいまで、ぼくとエリオットが格闘ゲームをしていたのは覚えている。二人とも眠気の峠《とうげ》が越えたことで異常にハイになって、必殺技のコマンドをミスってパンチ繰り出して負けるのが楽しくて仕方なかった。アホだ。

途中、指を動かす合間にエリオットの恋愛遍歴とか聞いた。あまり過去を語らない男なので貴重な話なのだが、ハイだったわりに半分以上は脳が寝ていた関係で覚えていない。ただなんか、何年も前に妻的な人を捨ててこっちに逃げてきたという話をしていた気がする。早春のように爽やかに酷い男だ。きっとその笑顔に勘違いして、何人もの白雪のような肌を持つ婦女子が想いを溶かされたりしたんだろう。……まぁ婦女子っていうかご熟女様が毒牙《どくが》にかかるのは一向に構わんが。

そういえばエリオット君に似た人を最近どっかで見た気がするぜーみたいな話をして、そのあたりでぼくが力尽きた。エリオットは眠たさを常に感じさせる、柔和な笑顔のまま、瞼を下ろすぼくを見つめていた。……で、朝一番に目覚めたのが、ぼくだった。

三人とも眠っていたので、起こさないようにして昨日出たゴミを回収。掃除のおじさんが朝、バケツの中身を回収する前に捨てておこうと思って一階に下りてバケツを開けてさぁ大変、魚類な彼とのご対面というわけであった。頭痛いのは、肩こりの所為だけではないだろう。「うげー」首の裏より少し上の場所がドクドク、脈動するように痛む。

うちの所長が死体の話を耳にしたら狂喜乱舞して『総力を挙げて犯人を見つけるぜ！』とか言い出しそうなので、あのオッサンが起きる前に警察に出動願おう。

「電話するか」

生憎と携帯電話は事務所に置きっぱなしなので、守衛室の電話を借りることにした。守衛室は灯《あか》りに満ちているけど、中はもぬけの殻のようだった。勝手に入ってしまおう。

バケツからほとんど正面に位置する守衛室にこそこそと入り、受付の側にある電話の受話器を取る。「ひゃくとーばん、と」何だか押し慣れていて、善良な市民っぽくないのが不満だ。「……はいあどうもー、警察の方ですね。すいません、実はビルの一階で死体を発見して……」などと一通り説明したら、すぐ行きますと言ったので「ハイお願いします」と通話を断った。それからすぐ守衛室を出ようとして、「ちょっと」と声をかけられたので驚いた。守衛さんが床から生えてきたのだ。

それは勿論、ぼくの突かれた不意に伴う誇張表現で、尾ひれを外せば単に、机の下に潜り込んでいた守衛さんが出てきただけなのだった。守衛さんの足下《あしもと》には毛布があり、出てきた際に退けられて、適当に丸められていた。仮眠でも取っていたらしい。おい仕事。

「勝手に入って来ちゃ駄目だよー」と若い守衛さんに怒られる。うちの所員一同、いい歳しているのに年中誰かに叱《しか》られているような気がしてならない。お子様集団かぼくらは。

守衛さんは無断侵入者に対する武器のつもりなのか、ボールペンを手に取って構えていた。寝惚けてる？　いやまぁ、刺せないこともないけど他にマシな武器があるだろうに。

このビルで働いている人って、なんか暢気な気性が蔓延《まんえん》している感じだよな。

「すいません、ちょっと警察に電話していたんです」

「はぁ？　警察ぅ？」守衛さんが頓狂《とんきょう》な声を出して目を丸くする。

「あ、もう済みましたので。じゃあ」

そそくさー、と逃げ出した。「あ」と守衛さんが口を丸くしていたけど無視した。

ぼくはバケツの側に置きっぱなしの蓋とゴミ袋の元へ戻り、バケツにゴミを詰める余地がないことを確認してから、溜息を吐く。トウキの影響によって死体とまた遭遇したとはいえ、今回は悶着なしに終わりそうだ。街とトウキが夜明け前で良かったたってとこか。

守衛さんは室内からこちらを見ていたが、頭を掻いた後に受付の窓から見える範囲より消えた。眠気が勝ったのか、また机の下で毛布にくるまれたようだ。まぁ気にしない。

「……さて」壁に背中と後頭部を当てて、思案。

警察をここで待つ義理はないけど、ゴミ袋を捨てないといけないしなぁ。

警察がビルに到着するまで、およそ十分前後。

珍しいことにトウキがぼくより先に不察知な殺人事件だし、ここは珍しいずくしでいくか。

バケツおじさん押し込まれ事件を推理でもしてみよう。数週間前に出会った中川青年、あれ、中山青年だったかな。恐らくそのどちらかに該当する大学生に倣ってみることにする。誰もぼくに事件解決を望んでいない状況なのだから、外れていても構わないわけだし。

「うーむ」顎に手を当てて探偵ポーズ。まず容疑者を割り出さねば。無数にいる。でも多分、夜でもビル内にいることの出来た人だろう。このビルは午後十時以降、表の自動扉が作動しなくなり、脇の夜間出入り口からしか出ることが出来ない。そしてバケツはビルの中にあるわけだから、当然……中にいた人が部外者を招き入れたって線もあるのか。

探偵って面倒だなー。検証すること多すぎ。もっと条件を限定してくれないと、推理しようがない。なぞなぞとかに近い部類なわけだ。

死体をバケツに詰めたのが夜っていうのは正しいと思う。日中だったら一階というのはかなりの人の往来があるわけで、死体を詰める作業なんて目撃者抜きには厳しいだろう。バケツを別の人目につかない場所へ持っていって詰めることも、移動の際に目立つだろうから後で聞き込みされたりすれば印象に残るし、回避するんじゃないだろうか。

「むぅ……分からん」名探偵の難しさにぼくが泣いた。基本的に容疑者が存在しないと、何も特定出来ないんだよなぁ、探偵って。だからここは、おじさんが殺害されてから、バケツに放り込まれるまでの経緯や動機でも想像してみよう。

バケツに死体を放り込む。咄嗟に思いついた、一時だけの隠し場所だとしたらなかなか犯人も余裕ないなぁってところだけど、意図があったら。このおじさんは正しくゴミに相応しい、と考えるほど恨んでいる人間の犯行かも知れない。もしくは死後、火葬されることを想定して、最初から燃えるゴミとして突っ込んだとか。世の中、色々な考え方の人がいるからどれも否定しきれない。最近では、犬の為に（他人の）命を懸ける人もいたぐらいだ。

あの残酷ペット事件（ぼくが勝手に名付けた）から、まだ三日しか経過していないのに、世の中はもう次の死体を踏み越えて進まなければいけない。世知辛いものだ。

おじさんの顔は腫れぼったくて原形を探るのが難しいけど、憎悪に歯を食いしばっていたり、目を見開いていたりするわけではないようだ。舌がでろーんとしているけど。抵抗の跡が引っ掻き傷や爪《つめ》の荒れ具合として両手に残っていないし、不意打ちを正面から食らって死亡したのだろうか。なかなか難易度の高い襲われ方を達成されている。迂闊《うかつ》だぞおじさん。

その前に背後からぶん殴られたりして意識が朦朧としていたりしたら、達成は簡単だけどそれなら、正面から殴打《おうだ》する意味がないよな。つまり、正面からしか殴打出来なかった理由があるわけだ。おじさんとストリートファイトした。で、一方的に殴られて、最後は人間凶器のような左手から繰り出されたストレートで轟沈《ごうちん》、死亡。選手生命を断たれる。

ぼくの普段鍛えていない、貧困な想像力ではこれぐらいの発想が限界だった。

「動機なんてなぁ……」いるの、ってぐらいの事件が世の中多いし。

殺し屋さんとかは、『仕事だから』しかないので証明の意味もないわけで。

そういえば、バケツを派手に弄っていても不審に思われない人が存在する。ゴミを回収する掃除のおじさんだ。つまり犯人は清掃会社の勤務シフトを確認すれば……っ！　って、真夜中にそんなおじさんがビル内を彷徨いていたら余計に怪しいじゃないか。大企業の本社ビルじゃないんだから、夜間の窓拭《ふ》きのバイトさんたちもいないわけだし。うーん……ここらへんで頓挫かな。いやもうちょっと粘ってみよう。ここは中村青年に倣い、死体の観察だ。

「ここで為すべき、ぼくの仕事を全《まっと》うしてみせるさ」

常に携帯している手袋を装着して、死体の脇の下を持つ。そしてバケツから引きずり出す。案外、死体は簡単にバケツから離れた。拘りはないようだ。

こうやって死体をバケツから出さないと、ぼくがここに来た意味もないし大助かりだ。

死体を床に横たわらせる。夏場だから床が寒いと文句は言わないだろう。「ふむ」死体をじっくりと眺め回してみる。取り立てて変わった死体ではない。服についた毛玉が少し目立つけど、それ以外は何も代わり映えのない死に方をしていた。外傷も顔以外は目立っていない。でも、見るとあまり時間の経《た》っていない死体なのかな。

観察がてら、死体に手を合わせて合掌。最近、こうする頻度が増えてきていて、微妙に不安を募らせている。段々、トウキの招くものが派手になっていったらどうするか、悩ましい。

黙禱《もくとう》を終えてから死体を壁に立てかけて、ゴミ袋をバケツに放り込み、蓋をする。バケツに死体が挟まっていますと警察に報告しないで良かった。多分怒られないだろう。

「これでよし」

ここに来た目的は達したので手袋を外して、三階の事務所に戻ることにした。ボタンを押すと、暇を持て余していたエレベーターがすぐに一階に下りてきた。乗って、死体と別れる。

エレベーターから出て人気と物音のない廊下を歩いて事務所に入ると、トウキが上半身を起こして眠たげに目を擦っていた。普段はぼくと二人きりだと隙を見せないので、寝惚け眼の無防備さに目眩がするほど見惚《みと》れてしまう。ああ、このときめき。ロリコンで良かった、と自分が間違っていないことを痛感させてくれる暖かさが心に滲《にじ》んだ。

「や、おはよ」「んあー」今の声、録音して目覚ましに使いたいぐらいの麗しさだった。でも布団で聞いたら、余計に眠くなりそうだけど。

　遠くから、パトカーのサイレンが聞こえてきた。予想よりずっと早いのは感心するけど、早朝だから音は自重すればいいのに。急いでいたのかな。

「でも、朝も早くからお疲れ様です」

　そういえば、まだビルの中に殺人犯がいるかも知れないんだよなぁ。気をつけよう。

「ふぁんふぁんふぁんふぁん……ってなにー？」

「ああ消防車だよ、火事があったみたい」

「ふぅん、ぶっろうだねー……」

　まだ寝惚けているので、しっかりと勘違いしてくれたようだ。舌足らずな喋り方もいいですなー、とのんびりトウキの寝惚けを堪能して、鼻歌が漏れる。

　トウキは「むぐー」とくぐもった声をあげつつ、いつの間にか寝方が仰向けになっていた所長の腹を撫でる。シャツから覗ける胡麻《ごま》プリンのような腹を撫で撫でする。

「すべっすべだ」トウキは感心しているようにそう呟く。うむ、あの照りとか柔らかさはぼくも日頃から感嘆しているので同意だ。ニスでも塗ってんじゃねえのか、あの腹。

　朝一番に死体を発見してしまったし、この後は事情聴取とかされそうで気が滅入るけど、そんなトウキの様子を見たら機嫌の方は回復した。やっぱりぼくの原動力はトウキという美女だな。活力をそうして得た後は、あの死体の顔を早めに忘れることだけ……？　ん？

　ん、んー？　むぅ？

「あ」そのときぼくに電流走る。

猛烈な勢いで振り返るけど、当然、事務所の壁と入り口しか映らない。ゴミ箱は何処だ。

　いやまぁ実物を見続けないと分からないわけじゃないから、何とか記憶を掘り起こす。

「うん、うん……」合致した。してしまった。なんてこったい。

どうしてぼくはいつも、適切なタイミングと場所で『閃かない』のだ。

あの死体、ビルの守衛さんだよ。帰宅するときとかに、偶に見かけて挨拶するぞ。

顔面が破裂寸前の餅みたいになっていたから、気づけなかった。

「…………………………」えーと。ちょっと待てよ。

あの死体は守衛さんの服を着ていなかった。若者風の服だった。服に毛布のような毛玉がついていた。そして守衛室には、守衛さんの服を着た若者がいた。

「…………………………………………………………………………………ぐへぇ」

馬鹿だ。ぼくは馬鹿チンすぎる。凄いことをやってしまった。探偵というか善良な市民失格と言える。犯人スルー。痛恨のスルー。包丁持って悪人退治に出かけた若者ぐらいのスルー力。「ぐあ」「ぐげ」「げげこ」次々に漏れる、ぼくの汚い悲鳴。

なまじ推理になんて拘るから、大事なことを見落とすのだと。裏側にだけ真実があるなんて考え方を捨てて、あるがままの景色を受け入れていればいいのだと、教えられて。

だからぼくは、名探偵を目指すことさえ拒否しているっていうのに。

痛烈な後悔で、脳の前半が焼け付く。

「あー……」

花咲太郎の名に相応しい、地に足着いた探偵を目指しているのに。

まだまだ甘いなぁ、三代目。すいません、二代目。一代目は会ったことがない。

反省。ぼくは猛省した。昇った朝日を見上げれば、目が潰れてしまいそうなほどに。

でも日本の警察は優秀だから、早々に捕まえてくれることだろう。そこだけが救いだ。

いやー、警察ってホント頼りになるよね。探偵的にもそう実感するよ。

それにこんなことはよくあることだ。次回、失敗しないようにすればいい。

トウキと一緒に過ごせば嫌でも、その次回は早々に巡ってくるだろうから。

何とはなしにテレビを点けてみた。消音に設定して、ニュースを画面に映す。

丁度、ニュースでは昨夜の強盗事件の犯人が現在も逃走中であることを告げて、被害に遭った男性一家の重傷や死亡を報道していた。「…………………………」

このビルは夜、外から一人で入れないんだったな。誰かが招き入れない限り。

ぼくは静かに移動して事務所の入り口の鍵をかけてから、冷蔵庫を開く。喉が急に渇いてきたので、麦茶を飲もうと思い立ったのだ。「ルイージー、あたしもー」はいはーい。

滅多に使われない、トウキ専用の硝子コップも用意して、麦茶を入れてから冷やした瓶を取り出す。と、そこでトウキが「ビビビ」とアンテナで何かを受信したように反応を示した。その顔は東側の方角、ビルの夜間出入り口を見据えていた。

「どしたの？」

「ビルの一階から何かの犯人が逃げた気がする」

へぇ、と息を漏らす。

世界が殺人犯に満ちていることを嘆きながらも昇る朝日に目を焼き、ゆっくりと、探偵気取りの空気を震える肺から追い出す。

そしてぼくはコップに麦茶を注ぎ終えて、彼女の元へ運んだ。

三章　『ぼくがルイージな理由』

これはまだ、ぼくが今の探偵事務所に身を寄せる前の話だ。

花咲さん的に、少年は専門外なのだ。だって人間だしなぁ。

八月前半の、太陽の質量が重く感じられるほどの昼前。紫外線その他を含んだ光から自分を覆い隠すものはなく、直射日光が帽子と、はみ出た髪を焼く。肩と汗で張りついたシャツは燃えているんじゃないかと時折、疑ってしまうほど熱気を発し続けている。

そんな陽炎《かげろう》の引っ張りだこなアスファルトの道に迷子らしき少年がいて、ピーピーキャーキャー泣き喚いていた。この気温に喉や気力を押し潰されないでいるなら、その元気で前向きに歩き出せよと言ってやりたいけど、大人げないかなぁ仕方ないかなあと世間の目を気にして、声をかけてみる。ちなみにこれがたとえ女の子相手であっても、態度を変える気はない。何しろ、ぼくはロリコンとかああいう人種と無縁だからだ。

「どうした少年、何故泣く」

少年の前を二歩通り過ぎて、上半身だけを仰け反らせた窮屈な姿勢でその泣き声の意味を尋ねる。逆にぼくが、現地人に道を質問しているような雰囲気だった。

ジェラルミンケース一つを持って旅に出る……っていうのも悪くないけどなぁ。

少年はえぐえぐと泣き虫を継続しながら、頭を左右に振る。そういうのじゃなくて、感性の鈍った大人にも分かり易い返事をして欲しいな。子供の内からコミュニケーション能力を養っておかないと、小学校に入ったときに友達のいない側に属することになるぞ。

「迷子とか？　それとも大人に苛《いじ》められた？」

即座に思いつく可能性を二つばかり挙げてみる。少し癖毛の少年はようやく目の周りから手を退けて、迷っているような曖昧さで、首を縦に振った。

「おとうさんたちに、おいてかれた」

「置いて？　……ふむふむ」頷いてはみるものの、どういう事態か把握しきれない。

少年の主観で置いていかれたというのは、置き去りにされたのか、いつの間にか迷子になっていたのか判然としない。人通りが多い交差点から一本ずれていて見通しも良いから、単純に迷子になるのは考えづらいけど。

「で、少年はお父さんたちのとこに帰りたいわけかな」

少年の意思を確認する。みんながみんな、家に帰りたいわけじゃないだろう。家で虐待を受けたりするような子供だってこの世にはいるのだ。ぼくの実家は核家族の見本みたいに特徴のない家庭で、不自由もあまりなく育ったからそういう気持ちは理解出来ないが。

少年は質問に対して、今度は首を素直に上下に振る。まぁ状況からして、そりゃそうだよな。帰りたいから泣いている。抱えていそうな事態とは裏腹に、本人の希望は単純で結構。

「少年少女をエスコートして自己満足するような性癖は持ち合わせていないけど、やむを得ない。警察まで案内するよ」

少年の身の上は摑みきれないけど、迷子の扱いは警察に頼むに限る。上手くやってくれるだろう。ぼくは警察が好きだった。大抵の難事件を解決してくれるし。

少年に空いている方の手を差し伸べると、涙と鼻水で汚れた手でおずおずと握り返してきた。うぇーい。ま、夏場だから乾くのは早いだろうけどさぁ、保父さんになった気分だな。そういう仕事に、ぼくは向いていないだろうけど。子供は少し苦手だから。きっと、将来に何があろうと子供を愛でることが専門の嗜好《しこう》に陥ったりはしないだろう。

少年のべったべたな手を引いて、交差点の方へまず出ることにした。人通りの盛況な方に歩いていけば、交番もすぐ見つかるだろう。少年はまだぐずっていたが、自分の足で歩いてぼくに付いてくる意思はあるようだ。しかし、知らない人には付いていくなって両親は教えなかったのだろうか。ぼくが言うなという話ではあるが。

「ところできみのお母さん、歳幾つ？」若妻って単語にときめかない男はどうかしている。

「しらない」意外に即答だった。母親の年齢を知らないとは、残念だ。

少年が鼻を啜ってから、握っているぼくの指を引っ張って、口を開く。

「おにいさん、だれ？」

手を引かれて歩き出す前に質問しないと、合格点はやれないなぁと苦笑が浮かぶ。

「ぼくかい？　花咲太郎っていう探偵だよ」

襲名しただけだから、本名は別にあるけど。でも最近、名乗る機会も減ったなぁ。

少年がぼくの職業を耳にして、興味を引かれたのか半べその顔で見上げてくる。

「おにいさん、コナンくんなの？」

「その＝を認めると、色々怒られそうだな」「？」「違うよ。あんなに凄くない」

そう否定すると、少年は首を傾げてぼくの言葉を吟味して、評価を下してきた。

「だめたんてい？」

随分な言われようだな。そりゃまぁ、推理漫画にぼくみたいなのがいたら、正しくそのレッテルが相応しくなるんだろうけどね。

「コナン君が取り扱わないような地味な事件を解決する探偵なんだよ」

犬捜しとか、猫捜しとか、浮気調査とか。後は偶に、町内のどぶ掃除も手伝う。最後が一番面倒だ。でもきっと、殺人事件とかに関わるよりは楽なんだろうなぁ。ぼくはこれからも、犬や猫を見つけてほんのちょっぴりの感謝を得ていたいものです。

「ふーん」と少年は薄い返事を吐息のように散らして、ぼくの顔を見上げ続けている。涙は止まったようなので、探偵話も無駄ではなかっただろう。自分から身分を明かすのは好ましくないけど、下手《へた》なこと言っていると誘拐犯に間違われかねないからなぁ。

仕事を請け負っている最中なので、交番で事情聴取を受けてのんびりお茶を飲んでいる場合じゃないのだ。ぼくは本日、猫捜しの為に街に出てきたのだから。

「夏場はエアコンの下に逃げ込む動物だけを相手にしたいよ」

愚痴りつつ、繁華街前の交差点に出てから、横断歩道の信号に従って一時停止する。

足を止めると、髪の生え際や背中で留まっていた汗が一気に流れ落ちてきて、肌が痒《かゆ》みと不快感を訴えてきた。ハンカチを取り出して汗を拭う。少年の方も、汗が噴出していて頰の鼻水や涙が掻き消えてしまった。いずれ顔の表面で固まり、塩のように輝くことだろう。

「左右にキョロキョロして、お父さんたちを捜してみたら？」

人通りが多い分、泣いていた道路よりは見つかる確率も高いだろう。少年はぼくの言葉通りに、まだ気落ちしているような顔をそのまま、激しく右往左往させる。いや首の運動しろとは言っていない、と指摘しかけたけど、「いない」と少年が愛想なく報告してきたので、無言で道路の反対側に視線をやった。子供の相手って、大変なものなんだな。

ジェラルミンケースには道で貰った試供品のレモン飴《あめ》が入っているけど、『はい』と渡してこの少年が喜ぶものだろうか。この猛暑だと溶けて変形していそうだし。

「今日は、何か用事があって家族とお出かけしたのかな」

まるで警官の真似事をするようにそんな話を振ってしまう。日差しの下で突っ立っているだけに耐えられなかったので、それを紛らわす為に口が動いていた。少年は真夏の太陽に晒されても表情のコントラストが芳《かんば》しくなかったが、上下の唇はもごもごと日向《ひなた》ぼっこを終えたトカゲか何かのように蠢いた。

「わかんない。おかあさんとてをつないで、でかけたから」

「ほう、ご両親揃っての外出か。ご飯でも食べにいくつもりだったのかな」

「わかんない」と少年は不確定をもう一つ重ねる。「ぜんぜんしらない」とも言う。

……なんか隠していそうだな、この子。無理に聞き出すことでもなさそうだけど。

しかし、ぼくが口にする次の質問には、白黒のはっきりついた答えが返ってくると
あらかじめ予言しておく。

「お腹は空いてる？」「うん」はい、予言達成。「ぼくもだ」と、笑顔を見せてみる。

少年は困惑を残しながらも、それに応える笑顔を出そうと顔を引きつらせた。柔らかい頬の肉は固定が難しいのか、妙な盛り上げ方となっている。その虫刺されが酷くなったような顔のまま、少年が話しかけてきた。多少は打ち解けたのだろうか、声に震えがない。

「おにいさん、ぼくたちどこいくの？」

「ああ、警察だよ」

「けいさつ？」

「知らない？　街中の迷子センターみたいなものだけど」なんて説明の仕方だよ。

「しってる……かも。いったことないけど」

少年は自信なさげに俯きながら、ぼそぼそと答える。聞き取りづらい喋り方で、でも心境を考えればハキハキと発声するのも無理だろうなと、こちらも譲歩して対応する。

そうやって歯切れの悪い言葉に耳を傾けていたら、信号待ちの隣に滑り込んできた男に、ぼくか少年のどちらかが声をかけられた。

「ちょっと良い？」

なんだこの焼肉のタレを風呂代わりにしていそうな肌のオッサンは。夏日に焙《あぶ》られて香ばしそうだ。黒い夏服のスーツを着込んで、体型以外は仕草含めて芝居がかっている。

「何かご用ですか？」ないのに話しかけてくるわけないだろ、と内心で自分に突っ込む。

「お前、そっちの子の知り合いか？」

ぼくの質問を無視して、オッサンが少年の顔を覗き込んできた。少年はぼくの足の陰に隠れる。ぼくとキャッチボールの形式で問答する気がないようなので、こちらもオッサンの構えているグラブに、質問用の返答を投げはしない。少年に振り返る。

「このおじさん知ってる？」

「おにいさんだ」男が憤りを素直に顔で表しながら訂正を挟んでくる。無理があるだろう。

そんなのが通るなら、ぼくだってまだ中学生を気取って思春期に耽りたい。

それはともかく少年がぶんぶんと、癖毛と首を同時に横に揺らした。

「本人が知らない、と仰っているのですが」

「そりゃ初対面だからな」オッサンがあっさりと肯定して、痒そうに首筋を掻く。

「そっちの子に聞きたいことがある。話をさせてくれ」

ずい、とオッサンの太い足が一歩踏み込んでくる。緊迫、というか体育館の壇上の演劇に無理矢理参加させられた気分に陥る。なにこの少年、単なる迷子じゃなくて訳アリ？

道端で偶然出会った少年が、大事件の鍵を握っているとか勘弁して欲しい。ぼくは名探偵の資格がないのだから、大舞台に立つ意味がない。どうせ偶然なら、今捜している猫と巡り合わせて欲しいものだ。エアコン全開な喫茶店とかで。

「何を聞こうって言うんです？」オッサンを牽制《けんせい》するように声をかける。

知らないオッサンが子供に用事があると近づいてきて、信用は出来ないねぇ。知らない子供には声をかけるなと世間で学ばなかったのかな、このオッサン。

　まぁ、ぼくも同類なんだけどね。

「お前と全く関係ない、ちょっとした問題についてだよ」

「いやーぼく、人のちょっとした問題も放っておけない善良な性格なんで関係ないとは言い切れないんじゃないかな、っと！」

　青信号に変わった直後の横断歩道へ、少年の手を引いて飛び込んだ。左右確認は不十分だったけど幸い、自動車は安全運転を心がけてくれていたようで道路に障害物はない。

　急に手を引かれて面食らっている少年に、ぼくは肺の底を震わせて叫んだ。

「オッサンよりぼくの方が、手を握りたくなりませんか！」

「……っ」少年の肩が一度跳ね上がる。が、それからじんわりと顔の強《こわ》ばりを解いて、小さく顎を引いた。了承も得たので、「よぉし！」と前を向いて本格的に駆け出す。

　背後から、オッサンの低音が蛇のように追いかけて鼓膜に入り込んできた。

「おい待て！　お前マジで何者だ！」

「善良な一市民だよ！　じゃあねー！」

　元気よく手とジェラルミンケースまで振って挨拶しているのに、反比例して気分は重い。

まーた厄介なことに首を突っ込んでいるなぁ、と自覚はしているのだ。

犬猫以外は、ぼくに賃金をもたらさないっていうのに。


暫く、地理に拘らず逃亡してから周囲を警戒する。日頃、仕事で道を歩き回り、退屈な休日に身体を鍛えている所為か、走り回っても息切れはなかった。

少年の方は完全に参っているらしく、ぼくの足下に座り込んでしまっている。背を丸めて荒い息を吐き、今にも口から黄色いスライムが飛び出しそうな顔になっている。

「いやごめん、君のことを考えずに走りすぎた」

「おにいさん、すごい、ね」

少年が苦しそうに片目を瞑りながらも、羨望《せんぼう》の眼差しで見上げてくる。少年の中で憧れの職業第一位に探偵の灯《とも》る瞬間を目撃した、気がする。多分そんなことはない。平然と長距離を走ることに憧れたなら、マラソン選手を目指すだろう。

少年は暫く立ち上がれないようで、犬のように舌を出して喘《あえ》いでいる。あのオッサンとか謎の組織の構成員が、ぼくらを追って襲いかかってくる様子もないので、道の端に寄ってから休憩を取ることにした。周辺はぼくの見慣れない住宅街で、少し落ち着かない。

煉瓦《れんが》造りの塀が目立って、秋の並木道が広がっているようだった。夏なのにねぇ。

「さて」と、遠くまで続く道路を、目の焦点を合わさないまま眺める。

雰囲気に背中を押されたというか呑まれて不審人物から逃げ出してみたものの、どうしたものか。手と手を取り合っての逃避行の相手が見目麗しい美女だったらラブストーリーに発展していくんだろうけど、少年と青年の取り合わせではねぇ。

物語が、自分の行くべき方向性に悩んでいるようだ。分岐点で駆け足を繰り返して、次の指示を待っている。ぼくはここから何処へ行くべきか。「……警察かな」

この少年にどんな追われる事情があるのか知らないが、警察に保護して貰えば間違いはないはずだ。ぼくと行動を共にするよりずっと安全だろう。まぁ正直言って、あのオッサンが悪人に見えたか、と問われれば特にそんなこともなかったが。

「初対面で、少年に聞くこと……」とか言っていたな。街頭アンケートの類でもなさそうだし、刑事ドラマ風の聞き込みとも思いがたい。ぼくにゃあ、関係ないけどね。

それよりここが見慣れない場所なので、最寄《もよ》りの警察をどう捜すか……ああ、そっか。

「地図なら持っていたな」

ぼくは膝を屈めてジェラルミンケースを開く。中に四つ折りにされた、街の地図が入っていることを思い出したのだ。多少、印刷の上から書き込みはしてあるけど十分に使えることだろう。広げて、睨めっこ。

現在地の住所は分からないけど、走り出した地点からどちらへ来たか、ある程度の方角は分かるから……と指で道をなぞっていたら、地図に影がかかった。顔を上げる。

息も絶え絶えそうにしていた少年が肩の上下の揺れを少し落ち着かせて、ぼくの手元を覗き込んでいた影だった。少年は物珍しそうに、街の味気ない全景を見つめている。

「ちず？」

「そう。街を上から見た地図だよ」横から見たやつはあまり役に立たないだろうな。

「このあかいてんてんって、なに？　たからもののありか？」

「これかい？　猫マップだよ」

「ねこっ」と少年が妙にその単語に驚き、仰け反る。猫嫌いなのかな。

「街の中で野良猫たちが集いやすい場所を書き込んであるんだ。ぼくは今、猫捜しを頼まれていてね」だから迷子の少年を保護しているのは百パーセントの善意なのだよ。

「ねこちず」少年が舌足らずに口にすると、漫画か小説のタイトルみたいに聞こえた。漫画等《など》に詳しくはないけどありそうだ。などと考えている間に、少年がぼくの腕を引っ張る。

「ぼくも、いっしょにいっていい？」

「ああ、警察に行こう」

「ちがう。その、ねこちずんとこ」

少年が最後の方は早口で捲し立てるようにして、地図を指差す。「へぇ？」とぼくは意外な提案に眉を寄せて、少年と地図を見比べる。

「お父さんたちのところに帰りたいんじゃ？」

「いい。こんどで」

「いや今度でって」駄目だろう。表現とか色々。

少年は咳《せ》き込みながら、懇願するような目でぼくを見つめてくる。こういうとき、子供の視線は卑怯だ。

「ふぅむ」地図を見る。ここからだと最寄りの警察署の前に一カ所、猫マップに該当する地点を横切るな。「ここだけ一緒に行って、それから警察に連れて行く。それでいい？」

その地点を指差して、少年に譲歩を求める。少年はぶんぶんと、半ば予想通りに頭を横に振ったので、「断ればそこにも連れて行かない。警察に直行する」と言ったら、不承不承に頷いた。「よし」と頷き返して、地図を仕舞ってからぼくは立ち上がる。「もう立てる？」と少年に手を伸ばすと、その手を支えにしながら何とか、腹部を手で押さえつつ立った。気持ちが悪いのだろうか。最近の子供は運動不足の中年みたいだな。

「しょうがない」時間もそんなにかけられないし、ということで「わっ」少年を持ち上げて、背負った。軽いのはいいけど、少年の膝の裏なんか触れても何も嬉しくない。ジェラルミンケースを持っている関係で、右手は少し窮屈だけど何とか少年を綺麗に背負う。少年は最初、戸惑っていたようだけど次第に身体の力を抜いて、ぼくの背中に体重を預けてきた。軽いな、ぼくにもこんな時期があったなんて信じられない。

「あ、ありがとうございます」少年が耳元で礼を述べる。息がくすぐったいから止めて。

「いやいや。でも、どうして猫なんか見に行きたいの？」

本当は猫好きかい？　じゃあ尚更見に行かない方がいいと思うぜ、あいつら凶暴だから。躾のなってない奴が多いし、加工されていない生の食材ばかり口にしているから、食事風景があまり綺麗なものじゃないし。幻滅するかもだぜ。

「きょうみ、あって」

ぼそぼそとあまり熱の籠《こ》もっていない言葉を吐く。他に理由がありそうだな。

いや人見知りな性格で喋るのが苦手で、単に情感込めていないだけかも知れないけど。

「じゃ、とにかく行こうか」ぼくの最優先事項は猫捜しなのだから。

「はいっ」少年が軽く意気込んだように返事をする。

ま、旅は道連れ、世は情けってところで納得しておこう。偶には、こういうのもいいか。

一人分の足音で、二人が道を行く。夏中というか火中の如き日差しに包まれた道を、背中に人肌をべったり張りつかせて歩くと通風性が零《ゼロ》であることの辛さをすぐに知る。排水路から伝ってきた色つきの水がドブに流れ落ちる景色でさえ、ああ飛び込みてぇなぁと世間体の塗装を剝がすのに十分な効果を発揮した。欲がムクムク。人間の約九十パーセントが水分だというなら、ぼくは何パーセント、この肉体に在籍しているんだ？

今のぼくは自分より、水分に支配されているような感覚だった。喉渇いたよー。

「おにいさんは、ねこをさがすたんていなの？」

少年が質問してくる。首に回した腕との間に汗がじんわりと滲み、優しくない。

「コナン君よりそっちの方が正解かな」それでも邪険には扱えず、声色も普通に返事する。

「なんで、さつじんじけんをかいけつしないの？」

そんなもん、日常に溢れていないから。身も蓋もないな。ぼ、ぼくは推理力がないんだな。違う違う、それ合ってるけどキャラ違う。うーん……ああ、あれでいいか。

今の事務所に就職する際、面接で動機を尋ねられて言った理由で。確か、こんな感じ？

「街の中では殺人事件より、猫がいなくなって困ってる人の方が多いから」

「……ふぅん」

「と言っても、ぼくの所属する事務所は猫より更に閑古鳥が多く棲み着いているけど」

わはは。経営者じゃないので笑うに限る。しかし潰れたら笑い事じゃなくなるよな。

「おにいさん、なんかかっけー」

「よせやい」マジで。全く格好よくはないから。過大評価はよして、そのままコナン君に憧れていた方が健全だと思うよ。そういう感性を持っておいた方が、生きやすいし。

　それから、かっけかっけと褒め称えているのか何なのかよく分からない言葉を連呼する少年を否定したり笑ったり色々したり、つまるところ大した事件もなく、あのオッサンも姿を現さないまま猫マップの赤点の場所に到着したわけであった。

　描写することがあまりないので、早送りにしてみました。

「ほーら着いたぞー」遊園地に初めて娘を連れてきたとき風に、茹だった頭で猫マップの一つを紹介した。そこは児童公園だった。もっとも夏の日中は、児童より明らかに猫の方が利用者数は勝っているけど。猫も日向ぼっこはキツイのか、滑り台の陰やベンチの下に潜んでジッとしている奴が多い。さて、依頼された猫はいるかな、と。

　預かった写真をポケットから取り出して、その寝姿とベンチに隠れる猫の太々しい顔を見比べる。「ふむふむ」「ふむふむ」……背後から声が重なる。「真似しないように」「あ、ごめんなさい」少年が首を引っ込めて謝る。なんだ、ここに来たがったのは探偵ごっこがしたかっただけか？　やれやれだぜ、と言っている場合じゃないか。まぁ好きにさせておこう。

　昇る太陽の光が辛くて、瞼を下ろして視界を狭めると汗が滑って、眼球に入り込んでくる。それを拭おうにも手が少年の太腿で塞がっているので、瞬きを繰り返したり頭を振って排除を試みた。その間にも「ふむふむ」と少年が首を巡らせている。暢気だなぁ。

ベンチの猫は外れだったので、公園内を少し回ってみることにする。

「しっかし、暑いな。喉が渇いて仕方ない」

被っている帽子は本当に日光を遮る役目を果たしているのか？　チーズみたいに溶けて、べったりとぼくの頭上を覆っている想像図が容易《たやす》く思い浮かぶ。

公園内に自販機を発見して、そこへ小走りで駆け寄る。この人気のない公園にある自販機の、中身を入れ替えたりする人もいるわけだよなぁ、感心するよ。

自販機は砂漠の真ん中に立っているように、周囲に土の色ばかりがあるような空間にぽつりと孤立していた。日の光に紛れて、装飾の発光は目立たないけどその頼りがい溢れる『つめた〜い』の文字を見ると、胴体を抱きしめたくなる。

「君も何か飲む？」

「あ、うぅん……」「遠慮はしなくていいよ」「じゃあ、おいしいみず」渋い選択だ。

ぼくは少年を短時間、片手で支えながらポケットを漁って財布を探す。左右どちらのポケットに仕舞ったか記憶が定かじゃなくて、少し手間取る。

「……ん？」

そうこうしている内に。

自販機の横に飛び込んでくる、大きな人影。

それを見た瞬間、ぼくの眼球の乾きは限界を迎えた。

視界がひび割れたように歪《ゆが》み、世界が渦巻く。

小銭入れに太い指を突っ込む、タレ色のオッサンと隣り合わせになった。

「…………………………」オッサン。

「…………………………」ぼく。反応に大差ねー。

「あー、喉渇いた……」

オッサンが虚《うつ》ろに呟く。自販機の前で言おうとした台詞が勝手に零れたようだ。

ゲームでいう不意打ちを、双方が受けた状態に陥る。そして相手の面食らっている隙に、一足早く復帰したぼくは脳内でＬＲの同時押しを行った。

「すったかたったー！」「コラ！　戦うのは嫌だけど逃げもするな！」ワガママ言うな！

来た道を駆けて、オッサンから全力で距離を取る。

しかしこれ、どういうことだよ。

こんな場所でオッサンと遭遇するなんて。今、鉢合わせしたときの驚きようは、ぼくの行き先に気づいている風ではなかった。待ち伏せじゃない偶然だとしてもその『偶然』にだって何かの原因はあるものだ。オッサン側か、ぼく側。どちらかに、或いは両方に必ず。

どっちにしてもだな、くそ、猫をマトモに捜す暇もなかったぞ！

水分も枯渇したままで、吐息が焦げ臭いし！

少し走って振り返ると、今度のオッサンは追跡を試みてきた。逃走劇なんて柄じゃない、っていうかこれじゃあぼくが悪者みたいじゃないか。清く正しい街の探偵さんとしては遺憾極まりない。いっそのこと少年を背後に投げ飛ばして時間稼ぎしてやろうかという激情に駆られかけるが、流石に自制した。本末転倒の例題に載るのは勘弁したい。

ぼくが大通りの方に出てから、追いかけてきたオッサンが鋭く叫ぶ。

「待てぃ誘拐犯！」

道行く人に誤解を与える呼称を大声で使うとは。卑怯かつ効果的な作戦だ。少年を背負って走るぼくの心証がエライことになっている。通り過ぎる人の視線が痛いし、実際、なんか通報しようとしている人もいた。警察を呼んでくれると好都合かなと思ったが、誤解を綺麗に解ける自信がなかった。仕方なく、泥沼に飛び込むように全力で走り続ける。

　とにかく曲がり角が目に入ったらそこで曲がるようにした。オッサンの運動不足っぽい脇腹を参らせるには、急激な動きを交えた方が効率的だろう。それに困ったことに、真っ直《す》ぐ進むと途中で交番にぶち当たるのだった。追いかけてくる人が増えちゃうぜ。

　曲がり角を幾度も経由して、適当に走っていれば体力や速度で劣るオッサンを撒ける。そう考えていたが、ぼくの予想は外れているようだ。迫るオッサンを背後から消しても、「うばー！」別の道からひょっこりと現れたり、叫びながら出てきたりする。ホラー映画のモンスターかこのオッサン。しかもそれが予期せぬ方向やタイミングで、オッサンが分裂しているんじゃないかと疑わしくなる出現方法ばかりだった。

　ぼくの中で、出てくるワニをハンマーで叩くアーケードゲームを思い出させる。そんな出現頻度だ。

　くそっ、このオッサン。ぼくより体力はないが、道に詳しい。先回りしてくる。何でこんなに地理に精通している？　もしやオッサンの正体は、「うらーらー！」「げっ！」

オッサンが何処から調達したのか黒い自転車に乗って現れた。曲がり角から飛び出して、立ちこぎで懸命にペダルを回して爆走してくるオッサンとの対比で、自転車が小さく見える。しかも前籠には何処で拾ってきたのか、猫が乗っていた。E.T.のようにオッサンに運ばれる灰色の猫は、『ウニャニャニャ』とか言って混乱しているように、目まぐるしく変わる景色に目を奪われている。

「あー!」と少年が何事かを叫んだ。「なんだなんだ!」疑問符で穏やかに言葉を締めくくる余裕もなく、ぼくは向かい風を呑み込むような大口で叫んで尋ねる。少年はまるでその叫びが失言であったように口を噤《つぐ》んで、ぼくの背中に身を寄せてくる。

ええい、暑苦しい! 大体、夏場にやる遊びじゃねぇ、鬼ごっこは!

流石に自転車を引き離すことは出来ずに、距離をグングンと詰められる。「そこまでだ誘拐犯共!」「複数形にするな!」「国のお母さんが泣いているぞ!」「国ここだよ!」

オッサンとぼくが交互に叫んで、何だか友人同士の喧嘩に堕してしまっている気がした。

曲がり角が遠い、というか曲がっても自転車からは逃げ切れない。小回りが利かないから多少は距離を離せても、今度の直線で確実に捕まる。いやむしろもう捕まる。

「チッ！」擦れる音と舌打ちで同じ音が重なる。オッサンの伸ばした腕が少年の背中を掠めたようだ。「ヒッ！」と怯えた声が少年の口から漏れる。くそ、限界か！

ところで逃げ切って、ぼくに得があるのか？

自転車から伸びた手より先に、前輪の方がぼくに接触してきた。猛烈に回転する前輪が乗りかかり、ガリガリとぼくの踵《かかと》や腿の裏を削った。「いってぇ！」「おわ！」思わず走るついでに、その前輪を後ろ足で蹴り上げてしまう。ぐお、と自転車がウィリーストップの途中みたいに浮き上がって、オッサンの目が白黒と動転を剝き出しにした。

そのまま空でも飛べば良かったのに、オッサンは無理に体勢を戻そうとして後輪の平衡まで失う。更に咄嗟に、ハンドルを握っている右腕を思いっきり引いてしまったようで、自転車がオッサン共々急速に右折する。

ぼくは立ち止まって振り返り、少年と共にその様子を一部始終目で追う。

右にも左にも、普通の道路には障害物がある。今回は田舎の住宅街だったので、無難に塀だった。オッサンにとっては無難でも平凡でも何でも、立ち塞がる壁だろうけど。

「ちょー、まー、ったー！」あ、激突した。でも凄い、ぶつかる寸前に籠の中の猫を抱いて自転車のサドルから横っ飛びした。オッサンが街中で、一人ダイハードしている。

自転車はグニャリと籠の前面を曲げながら転倒して、前輪を派手に回転させていた。

道路をゴロゴロと景気よく転がったオッサンの方はすぐに立ち上がれないようで、抱えていた猫が先にその手からするりと抜ける。猫は逃げ出さずに、オッサンの側で大人しく座っていた。オッサンから良い匂いでもするのか、鼻先を腕に近づけている。

見捨てて逃げて大丈夫かなー、と一瞬足を止めてオッサンを見下ろしつつ悩む。少年もぼくの首に回す腕にギュッと力を込めて、固唾《かたず》を呑む。その視線はオッサンより、猫に注がれているみたいだけど。まぁ猫の方が可愛いもんな、分かる分かる。

「うばー！」うわ、オッサンが復活した。でもよろよろしている。夏が終わりかけの蟬ぐらい体力を消耗しているようだ。

「待てー！」取り敢えず叫んでみたという感じで、顔も自転車側を向いていた。

「いやまだ逃げてないから」今から逃げる。ガーッと、ぼくも息切れし出したけど走る。

オッサンは追いかける気力はないけど大声を駆使する元気はあるらしく、言葉で引き留めを図ってきた。

「待ってください誘拐犯くん！」

「腰を低くしても誤解なことに変わりないじゃないか！」

「何言ってる、その子は誘拐犯なんだぞ！」

「やっぱ……るぇ？」

あ、あれぇ？　思わず立ち止まらざるを得ない。踵で急ブレーキをかけて、振り返る。

首の骨がベキバキ、ついでに胸の骨もバキバキバキと景気よく鳴ったが胴体を気にかけている余裕はない。よろよろと近寄ってきた、服装がよれよれのオッサンに尋ねる。猫はその太い腕に胴体を抱かれて、尻尾をフリフリさせつつも大人しかった。

「今のは誤植か？」いやぼくだろう、誘拐犯。いや誘拐なんかしてないけど。

子供を連れ回すことに悪意はございませんから。

「人を漫画か小説の登場人物とでも認識しているのか、お前は。発言に誤りはないぞ」

肩で息をしているオッサンが、塀に手を突きながらよろよろ近づいてくる。今なら簡単に撃退することも、逃亡することも容易い。が、どうするか決めるのが難しい。

結局、オッサンの接近を無抵抗で許した。少年の方は何か心当たりでもあるのか逃げたそうに身を捩《よじ》っていたが、ぼくが背負っているので逃げようがなかった。

あれ、間接的にオッサンの手助けをしている？

猫を抱えたオッサンが回り込んで少年の側に立った。少年の顔が泣きそうに歪む。対照的な表情のオッサンは少年の頭に優しく、ポンと手を載せる。少年は恐る恐るそれを受け入れて、ジッと身を固めている。オッサンはその少年の様子を微笑ましく確かめてから、「この悪ガキ」と頭を握り潰すように指に力を込めた。「いったいたいたい！　ぎゃー！」

少年が足をばたつかせたり、自分の手をぽかすか殴って慌てふためいて悶える様子を、オッサンは微笑ましい顔つきのまま見守っている。メッチャ楽しそうな顔だった。

少年の動きがダイレクトに攻撃となって届くぼくは愉快にしていられないが。ちょ、痛い、その足が痛い。膝蹴りが腰にガンガン入っているから。

ついでに猫も興奮したのか、ギャーギャー鳴きながら前足をぶんぶん振るっている。

「逮捕はしないが、飼い猫の誘拐の罪で依頼主に山ほど叱られてくれ」

「……あー」

どうやら。

謎は全て解けたようだぜ、勝手に。あー、無駄に疲れた。

少年は、他人様《ひとさま》の家の飼い猫を誘拐していた。なるほど、確かに誘拐犯だ。

「ぼくのことじゃなかったんですね」

「早とちりだなヘボ探偵」

カッカッカ、と隣に立って自転車を牽引しているオッサンが快活に笑い飛ばす。あんた、明らかに誤解を招くような言い回しを使ってなかったか。まぁいいけど。

この香ばしそうな肌の色のオッサンは同業者だった。つまり探偵。しかも犬猫捜しが専門。道理で地理に詳しかったり、ぼく同様に野良猫の集会場を熟知したりしていたわけだ。

くそ、猫マップはぼくオリジナルの自信作だと思っていたのに。

「少年に猫誘拐の容疑がかかっていて、だから追いかけていたわけですか」

年上と正確に判明して同業者でもあるので、一応は丁寧語で接することにした。しかし内心ではオッサン呼ばわりが続いていた。名前は聞いたが、正直、右の耳から左の耳に抜けた。

「猫の失踪した周辺で聞き込みを行ったら、近所の男の子がそれらしき猫を大事そうに抱えて歩いていたって情報があってな。そこから芋蔓式《いもづる》に、少年に辿り着いた」

「なるほど」推理しないところが好感持てますね、とまでは口外しなかった。

「いやーでも苦労したよー。親の話聞いて街駆け巡ってやっとこ少年を見つけたはいいけど、謎の男が連れていてしかも逃げ出したんだからなー」棒読みでこちらを非難してきた。

「すいませんね」もっと逃げ回ってやればよかったな、と後悔の念がよぎる。

でも少年の抱えた秘密に基づく大事件とか誇張して考えないで良かった。

そんな風にぼくらが会話しながら、道をふらふらと歩く後ろには少年がしょんぼりとしながらついてきている。これからまたご両親に怒られることを想像して、怯えているのだろう。

「でも走っている途中で偶然、捜している猫を見つけられたから不問としてやろう」

「あっそう」その猫の捜索代金は、自転車の修理費に充《あ》てられそうだな。

今回の事件、というほどでもない行き違いの経緯は、以下の通りだ。

まず、少年は猫を飼いたかった。でも家族が許さなかった。だから勝手に飼うことにして、道を歩いていた猫を拾った。そして家族には無断で、自分の部屋に猫を連れ込んだ。だけど問題はその猫が、

「にげたんだ、ぼくのへやのまどから」

　ということらしかった。だから、猫マップを回る決意をしたんだろう。

　一方、部屋を掃除した少年のお母様は、猫の毛と餌の残りを息子の部屋で発見する。その報告を受けて、少年が勝手に猫を連れ込んだことに激怒した父親が少年を家の外に放り出してしまった……というのが真相らしい。つまり少年は大嘘つきだったわけだ。

　まぁ、迷子にしては泣いている場所が変だったからな。あんな人通りがなくて見晴らしの良い道路で息子を作為なく忘れる両親はいまい。そこまでなら一家庭の問題に過ぎなかったのだが、少年の行動にはもう少しだけ広がりが含まれていた。

　少年の捕まえた、というか連れ帰った猫は余所のお宅で飼われていたペットだった。少年の家からさほど離れていない家で暮らす猫は、外を散歩中にあっさりと捕まったらしい。人に慣れすぎている猫である、現に今もオッサンの手の中で大人しく寝ているし。

　猫の性格はともかく、猫が失踪したと勘違いしたその飼い主が、このオッサンに猫捜しを依頼して、今に至る。で、その事件を少しだけ引っかき回したのが、ぼくと。

「やっぱり、慣れない親切はするものじゃないな」

「全くだ。悪党を庇うなんて探偵の風上にも置けないな」

悪党って言われて、少年が益々俯いてしまった。それでも家に向かう足を止めないことは立派だよ、と褒めようかと思ったが惰性で動いているだけっぽいので、指摘すると止まりそうだった。

ので、前を向いて、見なかったことにした。

しかしこの猫も、少年の部屋から逃げ出したなら、真っ直ぐに大人しく飼い主の元へ帰ればいいのに。今は大人しくしすぎていて、このオッサンが飼い主みたいじゃないか。

「でも若いのにそれだけ走れるんなら大したもんだ」

「はっはっは」普通、若い方が走れるだろ。

オッサンと爽やかな笑いの中で友情を深めた。別にいらない。

「体力はありそうだから、使えそうだな。お前、ウチの事務所に来ないか？」

肩を叩いて勧誘された。『良い身体してるね』と誘ってくる自衛隊の勧誘みたいだ。

探偵に雇う人間の推理力を評価しないところが好印象だけどね。

「猫の棲処も調べてあることが気に入ったぞ」

ああ、アレか。誰でも調べられることだし、大して評価されることじゃないと思うけど。

「今の事務所をクビにされたら考えますよ」

そう言って、曖昧に笑ってごまかす。まさかその三ヶ月後、本当にクビになるとは……みたいなナレーションなりモノローグが入らない人生を願う。

「しかしどっちも追いかけっこばかりで、推理の欠片もない探偵だな」

「本当ですね」

同意するぼくは楽しげに答えたが、オッサンは今一つ不満そうだった。

それから暫く目的もないまま、惰性で道を進んでいたがほどなくして、オッサンが停止する。少年も見上げる背中に応じて立ち止まる。しかし、ぼくは立ち止まらない。

「この子は俺が家まで送っておくよ」猫もいるし、とオッサンが籠の中の奴を見やる。

「どうも。それじゃあそろそろ行きますよ、ぼくの方の猫捜しは終わってないんで」

随分と道草食ってしまった。今日中に見つけたいところだけど、どうかなぁ。

「あ」と少年が小さく前に踏み出し、まるでぼくの後を追うようにして固まる。

「ん？」と反転して向き合うと、少年は俯いて、自分の服の裾を握りしめた。

青白い肌と唇がぷるぷる震えているが、そこから伝わってくるのは躊躇《ためら》いだけだった。

「蟬のようにサックリざわざわ喋りなさい」

しかしうるさい。コンクリだらけの空間の何処に蟬がいるんだろう。まだ地面に埋まっている奴が練習で鳴いているんじゃないだろうな。

ぼくに促されて、意を決したように少年が口を開く。

「おにいさんみたいになるには、どうしたらいいですか」

「……ぼくみたいに？」

「止めとけ止めとけ」オッサンがぼくの友達みたいに否定の横槍を入れる。うるせぇよ、と若干思うが残りは『その通り』と同意する気持ちに満ちていた。ぼくを目標にしても、豊穣《ほうじょう》な人生は約束されない。コナン君に憧れているなら、特に。

「どうすれば、いいですかっ」

意気込むように質問を繰り返す。そんなになりたいのか。うーむ……。オッサンと『待て待てー、コイツゥー』していただけなのに、何処に格好良さがあったのか。

「嘘をつかないことだ」

まるで今の少年に対する嫌みみたいになってしまったが、本当なのでしょうがない。

少年は感銘を受けたというより、額を見えない刃《やいば》で貫かれたような呆然顔になった。

あれ、やっぱり皮肉に取られたかな。

「驚きの嘘臭さ！」とオッサンが戦《おのの》いたように突っ込む。なんて空気の読めないオヤジだ。

「が、がんばります！」「お？」呆然としていたかに見えた少年の顔が引き締まり、むふーと鼻息荒そうに宣言する。

「あの、おにいさんのなまえは？」

「名前？……あ、そうだ」

ぼくは懐《ふところ》から長方形のケースを出して、名刺を一枚取る。三歩近寄って少しだけ膝を屈めて、それを少年の手元に差し出した。

「もしいつか猫と暮らせるようになって、その子が何処かへ逃げ出してしまったら、ぼくに連絡よろしく」

この子ならきっと、優先してぼくに仕事を依頼してくれるだろう。

なんて考えは、実はあまりなくて。

単に、尊敬の眼差しで見られているなら最後まで格好つけたいだけだった。

宝物を手に取るように、厳かな手つきで少年が名刺を受けとる。うむ。

「いや駄目、俺に頼む。こいつ駄目」「黙れカタコトおじさん」

オッサンが慌てたようにポケットをひっくり返している。名刺を探しているらしい。

捜し物の得意な探偵も、日常生活ではこんなもんである。杜撰《ずさん》なのだ。だがそれがいい。

「それじゃ、今度こそ仕事に戻ります。さよーならー」

「ありがとうございました！」少年が深々と頭を下げる。やれやれ、尊敬されちまったい。

「君の為の机拾っておくからー」せめて用意するって言えよ、建前でも。

二人と別れて、道を進む。このまま行けば有料橋の方へ行くだろう。上り坂は少し辛いが、川を頂上から眺めたかったのでそのまま前進することにした。

歩きながら、鼻歌と口笛を同時に吹きそうになって噎《む》せた。

道草ではあったけど、時間の無駄ではなかったから機嫌は悪くない。

「偶には誰かと触れ合わないと」

活力って、余所から仕入れた材料でしか生成出来ないからな。

これの相手がぼくの理想の女性とかだと最高なんだけどねー。

そうして、橋の袂まで歩いてから、ぼくは手を空にかざす。

少年に渡した名刺を一枚握り、空に透かして見上げた。「やっぱり良いな、この名刺」

『探偵　二代目花咲太郎　犬・猫の捜索と浮気調査、随時承ります』

五章 『愚かさの閃き』

『もしもーし、そちら花咲さんですか？』

「はい太郎です」

『そうそう、花咲太郎さん』

「どちら様でしょうか」

電話に受け答えしつつ、隣の席のエリオットと打っている将棋もこなす。銀を取られた。

『つれないな、一晩を同じ穴ぐらで明かした仲じゃないかー』

指先で持ち上げた、桂馬《けいま》が空中停止。優勢のエリオットは余裕綽々に盤面を眺めている。

『その沈黙は僕のことを思い出してくれたという解釈でオーケー？』

「長良《ながら》川《がわ》さんでしたっけ」

『あーそれはライバルの殺し屋さんの名前』

「いやだな、鵜飼いの話をしただけですよ」

迷った末、桂馬を置いて王手した。だけどあっさり、エリオットの王将に交代されて桂馬は敵陣の側で立ち惚けてしまう。詰み寸前だから、こちらは決着の引き延ばしに近い。

『そういう素直じゃない物言いは探偵っぽいよな、何となく。元気でしたかー』

「すいません、そろそろ電池切れそうなんで」

『いやこれ、繋がってるの事務所の電話だろ』

「ぼくの体内時計の電池が切れそうなんですよ、ハハハ」

何も上手いことなどない台詞で強引に締めようとする。ところで、冗談抜きにこの人の名前、何だったかな。長良川で正解だと確信していたので、実は少し動転していた。

「電話番号、わざわざタウンページで調べたんですか？」

『山で名刺渡してくれたじゃないか。金魚すくいのタモみたいにへちゃってるけどくそ、余計な格好つけをしてしまった。ハター、と間の抜けた気合いを入れて角を斜めに邁進《まいしん》させる。王手の連続だ。単発の繰り返しなので仕留められるはずもないが。

その点、エリオットは波状攻撃がお上手である。先を見据えて将棋に取り組んでいるのだろう。ぼくが将棋を遊ぶという感覚なら、エリオットは将棋を指すという域なのだ。

「今大変に急務が激化している真っ最中の時代な風に真っ向から煽られているので手が離せないんです。友達電話は半世紀ほどお待ち頂けますでしょうか」

『つれないぜタロちゃん』幼なじみか、犬の名前みたいに人を呼ばないでくれ。トウキに呼ばれるなら、タロイモとか教科書をチラ見して決めたようなあだ名でも大歓迎なのだが。

「切る前に一応尋ねますが、ぼくに何か用事ですか？」

『あるある。君、探偵なんだろ。お仕事を頼みたいわけですよ』

「犯人はお前だ」王手。逃げても王手。更に取られた銀を置かれて王手。弄ばれている。

『依頼内容を聞く前に、相手の人柄や職業だけで態度を変えるのはプロ的にどうよ』

「相手の人柄を知るだけで依頼のことなどお見通しなのがプロですから」

『じゃあ駄目もとで内容言うから、深く考えずに引き受けろよ』うるせぇ。

盤面の王に後はない。頼れる兵も失い、負けである。誰がどう見ても敗北中。

しかしたとえ惨《みじ》めであろうと、敗北から退《ひ》いて媚《こ》びて省みて生きることを選ぶのが、帝王ではない平民の美学ではないか。

ということで王将を右手に握り込み、高飛びを決行した。再び頂点に返り咲くときまで身を隠す。反撃の時を待つのだ。さし当たっては本屋で将棋入門の本を購入せねば。

「ブーン」と水平に手を伸ばし、人力飛行機で席から飛び立つ。エリオットの「待ちたまえ！」など聞いていられない。お前が言うと町珠恵《まちたまえ》さん（十二歳）を呼んでいるようだぞ。

そして手離した受話器がぼくの耳から離れるその際、何とか川さんからの依頼が耳の端に食らいついて、そこから鼓膜まで乗り込んできた。

『僕の殺害する人を捜して欲しいんだ。頼むぜタンテー』

窓を開けないと暑い。暑いから窓を開けると蚊が大挙してお邪魔に来る。「どうしろというのー」歌うようにトウキが愚痴って、蚊対策の小さな機械を起動させる。電池を入れると内部で何かがシュルシュル回転して、蚊の嫌いな音と匂いを発するという仕組みらしい。手に載せてこれが無限の回転だ、とか遊びたいけどさっきやったらトウキに怒られた。

反省。ということで何冊かの本と雑誌を積んで枕《まくら》代わりにして部屋の隅で寝転がり、帰りに買った将棋入門の本を読み耽っていた。ほうほう、銀は斜めに動ける駒で……ちょっと入門すぎたかな。門の前すぎる、入ってからのことが知りたいのだが。

天窓から赤光《しゃっこう》が入り込んでくる。夕日によって大気が赤く燃え盛り、緋色《ひいろ》の雲が宇宙を目指すように遥か彼方《かなた》を泳いでいる。だけどその空から来たる光は、一日で最も優しい。

いつまでも目を伏せずに見続けられる柔らかさだ。光というのは一日の間に、誕生と成長と死を繰り返しているのかも知れない。それじゃあ、空気の燃え尽きていくような音が錯覚されるほどの輝きを放ちながら、矛盾に満ちた安らぎを感じる夕日は死に伏している穏やかさなのだろうか。平穏だけでなく寂寥《せきりょう》も感じさせるのは、そういうわけか。

だけどぼくは、夕日に目を惹《ひ》きつけられる。トウキに殺人事件が引き寄せられるように。ジッと、身動ぎもせず床に寝転がって、彩られた空に思いを馳《は》せる。

そのとき、ふとぼくは夏の猛暑を一瞬だけ忘れて、温度のない世界で自分が微睡んでいることに気づくのだ。決して本が退屈すぎて、意識が遠退《とおの》いていたわけではない。

「うーんうーん困ったなぁ、これはとっても困ったぞ」

「悩んでるのとか聞かれたいの？」

デリバリーの釜飯《かまめし》屋のチラシを見るのに忙しいトウキが、顔を上げないまま言う。注文してみたいのかな、でもああいうのって全般的に高いからな。今度、トウキの昼食代を少し奮発して渡しておこうか。ぼくの分まで頼まないなら、何とか許容範囲の金額のはずだ。

「あーじゃあ聞いてくれる？」

「電話相談室にかけたらどう？」

「三週間ぐらい前に山で会った、殺し屋さんのことを覚えてる？」

噛み合わないけどそのまま流れていく、普段通りなぼくらの会話。疑問符の押し付け合いみたいだ。トウキは釜飯より記憶の掘り返しを優先して、遠い目になる。

「あのおじさん？　確か、木曽川だっけ」

そうそうそんな名前、そのおじさん。でも同い年がおじさん呼ばわりってことは、ぼくもそういう認識なのか？　うわ、由々しき事実だぞ。

「その殺し屋さんが今日、事務所に電話してきた」

「ふぅん。あのおじさん、あれからも捕まってないんだ」

トウキが感心するように呟く。そういえば確かに。もっと頑張ってくれ警察。もしくは中村青年。彼は元気かなぁ、今日も名推理を披露して場を混乱に陥れているかなぁ。

「でもルイージ、いつの間に殺し屋おじさんと電話友達になったの？」

「デフォルトでお巡《まわ》りさんに逮捕されるような仕事の人と仲良くなったつもりはない」

一方的に友達ですと言い出しそうな馴れ馴れしさを含んだ喋り方だったけど。

トウキがチラシを指で摘んだまま、ぼくの顔の前に回り込んでくる。窓との間に距離があるわけじゃないから窮屈だろうに。実際、足の置き場に困りながらもそろそろと、トウキが屈んだ。夕日がその背中に遮られて、後光のようにトウキの肩から断片を覗かせていた。

そして今日のトウキは短パンなので、ぼくの祈りは水泡に帰す。

「ほら、続き続き。まさか、お前を殺すぜって殺害予告？」

「どうしてワクワクを顔一杯に広げているんだろう……人を捜してくれないかって頼んできたんだ」名刺には犬と猫しか捜せませんって書いてあるのに。

「なーんだ。で、請けたの？」

「当然断ったよ」と思う。最後、王様が逃げるのに忙しくて曖昧に電話を切ったからか。
確証や自信が不足していた。でも断らないと怒られるだろう、で済むレベルじゃない
「れーさい事務所なのに、仕事の選《え》り好みなんかしていいの？」
多分零細の意味を貧乏と捉えているんだろうなぁという感じに、トウキが揶揄した
ような発言を口にした。答える前に、夕日に昼間の毒気を抜かれた涼風が窓から入っ
てきて、ぼくは目を閉じる。そのまま風が頬を撫でて、何処かへ過ぎ去るのを待って、
それから目と口を開いた。
「ぼくは今、エリオットと共同での家出人捜しに忙しいから」
迷い犬、コロちゃん捜しと並行してエリオットが請け負った家出人捜索。既に依頼
を請けて一週間が経過しているが、未だ家出人の所在は摑めていない。
家出したのは十六歳の女子高生。名前は、中家ソウ。『なかや』だったか『なかい
え』だったか、読み方はうろ覚え。下の名前が印象的だからだろうか。
「成果上がってる？」
「微妙」零ではないけど、目立つ前進はない。
期末試験には参加したし、夏休みに入って出席日数を気にする必要はなくなったし、
何より失踪事件の犯人が逮捕されたりしたから、親御さんも多少は長い目で見ている

みたいだけど。そろそろ手がかりの一つも見つけないとな、と少しは焦っていた。

将棋打っている場合じゃねえぞ。いや打ちながら調査の方針を相談していたんだけど。今行っている調査は、民間人に毛の生えたようなぼくらとしては最良の手順だと思う。家出人の捜索は事件性がないと、警察も動いてくれないから探偵事務所の看板を掲げるウチを頼ったんだろうけど……警察に個人的な知り合いはいるけど、協力してくれないだろうな。

「あたしなら家出した人捜すより、殺し屋さんの捜し人の方が興味あるわー」

「見つけた後のことを想像すると、ぼくは笑顔のある方が好きだよ」

家出少女も、保護して親元に送り帰したら膨れ面になりそうだけど。

「だって家出って本人が好きで出て行ったんでしょ？　ほっとけばいいじゃない」

トウキの口調が少し荒い。ぼくはその原因が少しだけ分かっていた。

「親御さんはそれでも心配なんだって」

「あたしんとこは？　もう何年も帰ってないけど」

けろりとした表情で自分の顔を指差すトウキに、ぼくは目を細める。

色々な事情の家庭がある。で、片付けるしかないことも世の中にはある。

ぼくは探偵であり、家裁の人間じゃない。訪れたり出会う子供全ての家庭と向き合うことは出来ないのだ。だからぼくは、依頼されたことだけを何とかこなすしかない。

娘を預かってくれと頼まれたら預かるし。

家出人を捜してくれと頼まれたら、ちゃんと捜して送り帰す。

「そんなことより、晩ご飯。何か食べたいものある？」

「あたしはこれにする」

トウキは躊躇いなく、チラシの中の一押しマークがついた『秋の炊き込みご飯』を選んだ。

あ、その中から選ぶの確定なんだ。

まぁ偶にはいいか、と食欲ではなく眠気によって、その些細な贅沢を受け入れた。


「やぁ！」と翌日の事務所に顔を出した男はダークブルーのスーツを着て暑苦しくないのかと思うけど平気そうな顔をしていて、更にその頭には……なんだあれ、スーツと揃いの色で、スナフキンの被っているようなとんがり帽子が頭に載っかっている。

何だこいつは。「木曽川です」そうそう、その名前。わーお。

電波に飽きたらず、本人があなたの仕事場を侵略に参りました。そんな印象が滲み出ている満面の笑みで現れた木曽川が、気軽な態度を前面に押し出して応接セットの椅子に座り込んだ。「ふぃー」とか息を吐いて、手で顔を扇《あお》いでいる。気安すぎる。

「外から来ると、このエアコン効いてる部屋が天国に思えるよ」

お前が入ってきたらここも地獄になるんじゃないのか？

家出女子高生捜しに早速出かけようとしていたぼくとエリオットは、出鼻を挫《くじ》かれてその場で足踏みを始めてしまう。「駆け足やめー」調子に乗るな、と思ったが木曽川の号令に釣られて止めてしまうぼくらであった。その反応に、木曽川はシシシと腹を抱えて笑う。

「お仕事の依頼に来た方ですか？」

「はい！」

「違う違う。健康なのに友達に会いに病院へ集うお爺《じい》ちゃんお婆ちゃんみたいなもの」

ぼくの挟んだ口に対して、エリオットが「ふむ」と相好を崩す。

「つまり太郎君の友達か」

「そういう解釈好きじゃないな」

「いや僕は結構、タロちゃんのこと好きだけどな」

「会話に混じらないでください」

シッシ、と手で追い払う仕草。「この苛めっ子め」と木曽川が膨れる。飄々《ひょうひょう》と他人様の前に現れて、本当に人殺しなのかなこいつ。本人はそう名乗っているけど、殺すところを見たことはまだ一度もないからな。

「エリオット、先に行っててくれる？　話が終わったら連絡入れるから」

このまま会話を続けたら（不本意だが）木曽川の職業をエリオットも知ることになる。殺し屋さんの正体など知って、人生に得はないだろう。危険が増すばかりだ。

などというぼくの気遣いを欠片も察せず、「サボる気満々だね」と素敵な笑顔でエリオットが邪推してきた。「いやほんとはこの人の相手とかしたくないんだけどね」でも放っておくといつまでも、この事務所に入り浸っていそうだから。

エリオットは「はいはい」と、ぼくの真っ当な意見を言い訳の如く流してから事務所より出て行く。「戸締まりしっかりね」「あいよー」ぼくを子供扱いしてないか、この人。

「……で、」木曽川と二人きりになる。殺し屋さんと密室で二人きり。普通だったら殺されるんじゃないか、この状況。

「賢明な判断だな、タロちゃん」ニヤニヤとエリオットを見送ってから木曽川が言う。

「タロちゃん言うな」

自分の机から椅子を運んできて、木曽川と向き合った位置に置く。座り込み、スナフキンモドキの男と対面した。みだりに名刺渡すのはもう止めよう、と決意しながら。

「それが私服?」スナフキン的な帽子を含めて。

「そうそう。君とは帽子仲間だな」

「仲間じゃないです」

その理屈だとプロ野球選手もみんな仲間になってしまうだろうが。

木曽川は応接セットのテーブルに肘を突いて若干前のめり気味になりながら、「ふーん」と事務所の中を観察する。今の内に通報しようかなと考えたけど、仮に連絡出来てもその間にぼくが殺されそうで、それでは意味がない。警察に連絡するという人質を取ったような脅しをかけても、『でもお前は結局どっちにしても殺すよ』だったら一緒なんだよなぁ。

「ザ・探偵! って誇示出来るような特別な物とか飾ってないんだねぇ。つまらん」

事務所内を見回しての木曽川の感想はそれだった。何が置いてあればこいつの想像に応えられたんだろう。パイプとか、トレンチコートか?

「それで、何かご用でしょうか」

当たり障りのない世間話を前に挟んでから、木曽川に本題を尋ねる。いっそのこと、何も知らないエリオットにこいつの相手をさせたらどうなるかと楽しむのも一興だったけど、街のエリオットファンに刺されそうなので自重した。本当にいるんだよね、奥様方で。

「電話では失礼かと思って、人捜しを直接頼みに来てみた」と木曽川が語る。

「断ったはずですが」

「あれ？　何も返事せずに切っちゃったから、断られた記憶はないな」

木曽川が余裕綽々そうに発言した。こっちは確証があったわけではないので、そうだったかもなぁとあっさり、納得が浸透してしまう。「じゃあ今断ります」これでよしと。

「えー、何か言ったー？」少女漫画の主人公を真似たように、木曽川がすっとぼけてくる。彼女らは、都合の良いときに耳を遠くする技術を身につけているからなぁ。

「ぼくは犬と猫を捜すのが専門で、人捜しはちょっと」無視して真面目に理由を説明する。

「まぁまぁ、迷子の犬や猫が二足歩行してると思えばいいじゃん」

「ウチの所長みたいな発言をするなよ」

ちなみに今日の所長は河原《かわら》へ絵を描きに出て行った。描いた絵と交換でおにぎりでも貰うつもりなのだろうか。そして何かの役に立つ日が来るのか、あの人。

昔は結構、真面目に仕事していたのにね。子供のぼくを叱ったり。

「それでさぁ、」「太郎の勇気が世界を救うと信じて……！」

「いや高速で打ち切るなよ、僕との会話。つーか、太郎の勇気って小規模っぽくね？」

失敬な。世界中の太郎が集結したら、木曽川を埋め立てることだって出来るぞ。多分。

「しかし太郎君って呼ばれてるのを聞くと、算数の教科書を思い出すな。太郎君が蜜《み》柑《かん》を買いに百円持って出かけましたってやつ。友達の花子ちゃんはいないの？」

「女っ気のない事務所でして」

大体、法律で雇うのが許された年齢の女性では、ぼくにとっての花子になり得ない。

「雑談がこのまま続くようでしたらお引き取りください。ぼくはササッとエリオットの後を追わないといけないので」

エリオットとぼくはここ数日、街中の漫画喫茶を回っている。中家ソウは部屋に通帳やカードを置きっぱなしで貯金に手をつけた形跡がないと、依頼に来た母親が説明していた。女子高生の当座の金で、長期間宿泊出来るところは限定される。漫画喫茶か、友達の家。もしくは全く知らない行きずりの人に泊めて貰うという線もあるが。順に厄介になっていく。

『アウトドアに寝泊まりだったら無料だけど？』

エリオットが涼しい顔で第三の可能性を指摘してきたけど、そこまで含めたら街全域じゃねーか、ということで現在は漫画喫茶と友人宅に絞って調査の足を運んでいた。結果は芳しくない。というか最近、街に漫画喫茶が乱立しすぎだ、共倒れになるぞ。

「あーじゃあ、手っ取り早く仕事の話だけして帰ろうかな」

「いや断る言ってるのに何故アナタ無視するの」

「この子なんだけど。見つけてくれたら、後は僕が殺す。うん完璧だ」

淡々と話を勝手に進める木曽川が、懐から写真を取り出す。勘弁して。こっちはお前の顔写真を撮って街中に張りつけたいよ、と思うほど拒否しているのに、無理矢理写真を握らせてくる。仕方なく受け取って、一瞥だけした。「……………………

……………」

そのまま目が離せなくなった。げほ、と咳き込む。冷気で喉がカラカラだ。

「見惚れてる？」

「いや、ぼくはロリコンなので」

そこだけはキチッと否定しておく。にしても、これは……オイオイヨー。

「僕らも十年後には、女子高生を対象にしたらロリコン呼ばわりの年齢なんだぜ」

無駄に年齢関連で感慨に耽らせないでくれ。しかもそんなことはどうでもよく。

咄嗟にぼくも写真を取り出して、見比べそうになってしまった。幸い、木曽川の視線にすぐに気づいて、自制は出来たけど。この写真。ウェーブのかかったセミロングに、愛想笑いの出来ない顔、への字な唇、明らかにカメラを睨んでいる目つき、そしてセーラー服。

正面から撮った、卒業アルバムにでも使われそうなその写真は、ぼくらの依頼主である家出人の母親から貰ったものと全く同じ顔をして、別の状況に写されている。

木曽川が捜し求めるのは、エリオットが捜索依頼を請けた家出人だった。わーお。

さて。この偶然を嘆かずに有効利用する方法はないものだろうか。相手はまだ、ぼくと捜し人が一致していることに気づいていない。そこを悟られずに、相手が持つ情報を入手出来ればしめたものだ。木曽川の依頼人である、殺人動機を持つ者からの視点では、母親からの情報とは異なる、中家ソウの生活が見えることだろう。

それは中家ソウを捜すことに有利に働く可能性がある。木曽川を出し抜きたい。

「はいどうも」と写真を投げるように木曽川に返した。なるほど、家出して所在知れずだから殺せない、とあってぼくに依頼に来たわけだ。中家ソウの家がぼくの事務所と同じ街にあることも、恐らくは関係しているのだろう。

「写真見せられただけではどうしようもないのですが」

「お、じゃあ詳しく話したら捜してくれるの？」

「いやそういうことじゃないですけど、うーん……」と、悩む素振りを見せる。請けるとは言えないけど、何とか引き延ばして情報を引き出せないものか。

「しかし山での少年と言い、こんな爛熟《らんじゅく》しすぎて腐り落ち……若い女の子を殺したがる人がいるなんて、信じられませんね。許し難い」

少し矛先をずらして、殺し屋さんの方に話題を振ってみる。会話が弾んでいる状況になれば多少は口が滑ったりしても気づかないだろう。

木曽川が受け取った写真を大事そうに仕舞いつつ、「ま、人間は感情の動物だから」と通っぽい意見を吐いた。帽子を一度脱いでから形を整えて、被り直す。

「タロちゃんだって許せない人ぐらいいるだろう？」

「トウキとの結婚を許さない国のルールが少々」

「壮大だねぇ。変態は夢想家の内は大器だよな、行動が伴うと小物になるけど」

木曽川はどことなく愉快そうに、そんな発言をする。変態に一家言ある遍歴を持っているのだろうか。まぁ人殺しが仕事なんて、その時点で変態みたいなものだな。

「許せない人間を殺して、自分の人生からどける。幸せに繋がる道を見つけるんじゃなくて、今歩いている道をハッピーに変えていこうって考える奴が、この世にはごまんといる。僕はこの仕事を数年やって、それを実感したよ」

「……どうして殺し屋さんなんて営んでいるんです？」

「うぅん……改めてインタビューされると回答に困る」

木曽川が口元を手で覆い、唸る。暫く窓の方を睨んでから、息苦しそうに口を開いた。

「正義感とか、感情面じゃなくて、僕に向いている気がしたんだ。いやそうじゃないか、人を殺すことに抵抗感がないから、この仕事を選んだのかな」

確かに全く悪びれていなさそうな顔つきだった。いやむしろ、そういった感情が欠落している……ってとこまで行き着いているわけじゃなさそうなんだよな。

この人は家族が死んでも泣かないけど、飼い犬が死んだらもの凄く泣きそうだ。何となく、そういう性格の熱みたいなものが感じられた。

「就職に行き詰まっていたとき、子供の頃、昆虫とか蛙を殺していたのを思い出してね。ああいう感覚で人を殺せる人間の需要が、あるんじゃないかって天啓に打たれたんだ」

ずばーん、と間の抜けた効果音つきで両腕を左右に広げて、雷に打たれた人みたいなポーズを取る。余計な入れ知恵をするなよ、神様。

「という回答を上手く編集して載せておいてくれぃ」

何処にだよ。口が軽くなったというか、調子に乗らせただけというか。

まぁでもそろそろ、中家ソウについても触れていくか。

「ところで、さっきの子は見つからないって言ってましたけど。まさか住所不定とかってわけじゃないですよね」

分かり切っていることをすっとぼけて尋ねる。木曽川がどの程度の情報を持っているか未知数故に、軽く探りを入れてみないといけなかった。

「あぁ、家出中なんだってさ。学校の期末試験の成績が悪いから、両親に叱られる前に逃げ出したっぽい」

意外にあっさりと口を割る。家出したという情報だけで中家ソウを特定出来るはずもないから、別に口外しても構わないだろうけど。でも、その動機は初耳だった。

依頼してきた中家ソウの母親は『生活に対する不満があったのかも云々《うんぬん》』と言うだけで詳しく説明しなかったとエリオットから聞いている。娘の動機を恥と判断したのかな。

困るなぁ、全部話してくださいねってエリオットが言ったはずなのに。もしくは、ご両親は娘の心情や動機を把握出来ていないんだろうか。そっちの方があり得そうだな。

「最近の若い子は凄い方向に行動力がありますなー」ぼくは簡単に感心してみた。

「ほんにまぁ」

木曽川の妙な返しにより、ジジババごっこに引きずり込まれた。二人でふるふる震えて、架空の湯飲みを手のひらで包む真似をしながら、ほぅ、と微細に振動させた吐息を漏らす。

などと戯《たわむ》れながら、頭を働かせる。しかし中家ソウの家出動機を説明出来る依頼人って誰だろう。中家ソウの親しい人、もしくは試験に関わっている人のどちらか、或いは両方。

「自分では少しぐらい捜してみたんですか?」

怠慢を嘲笑《ちょうしょう》するような口ぶりで質問してみる。木曽川はぼくの言動や態度に対して特に疑いなく憤ってくれたようで、前のめりに喋りかけてくる。

「そりゃ捜してみたさ。山から下りてすぐ仕事が来て、今までずっとね。でも人捜しを含めた依頼なんて今回が初めてでさ、お手上げだよ」

　言い終えてから、前へ出していた身を引かせて椅子を軋ませる木曽川。自動車のタイヤに仰向けに潰された蛙の前足みたいに、手を小さく掲げて降参の意を示す。

「確かに大変ですけどね、人捜し。ぼくらも苦戦していますし」

　山を下りてすぐ、ということは七月初旬に依頼が来たわけだ。その時点で中家ソウが家出していたのは確実だけど、試験の日程ってどうなんだろう。

　中家ソウの母親からは、娘が試験を受けたと聞いているだけでその日程自体は不明《ふめい》瞭《りょう》。家出の際に既に答案が返却されていたかは定かじゃない。だけどもし中家ソウに返却された答案の点数が酷いなら、教室の友達と見せ合いもしないだろう。それを苦に家出するような子なら尚更、低得点を明かす真似はしないはず。紛失することにも最大限、気を払うだろうから偶然拾った生徒が、という線もあまりなさそうだ。

　となると、試験成績を把握しているのは極《ごく》少数。答案が返ってくる前に家出したのなら、余計に候補者は絞られる。そこから察するに中家ソウの殺害を依頼したのは、試験を採点した教師ってところか。どの教科の教師かという問題があるけどそこまで来れば特定は容易いだろう。全ての試験が酷かったら別の意味で頭を悩ませることになるけど。

依頼者をぼく如きに特定されるとは職業意識が甘いぞ、木曽川。

……しかし、中家ソウの捜索には全く役立たない推理だな。下らん。ぼくは一体、何を証明したいんだ。ただ中家ソウを保護して親元へ帰したときにさりげなく、危険を呼びかける忠告は出来るかも知れない。その場合、木曽川か依頼した教師（仮）、どちらに気を配るように話せばいいのやら。

「……うーむ」

「何だよ、ジロジロ見て。観察するなら街の道行く人にしてくれよ、で、今の子を発見して欲しいもんだ」

軽口ながらも、面倒だから引き受けてくれという態度が滲む木曽川を見ながら、ある可能性を考察する。

木曽川にある程度の情報を与えて捜索させれば殺人事件が起きる可能性が強まり、その状態でトウキを連れて歩くことで中家ソウを発見することが容易になるかも知れない。

……だけどそれはなぁ、流石にもう出来ない。あの残酷ペット事件の後、トウキを利用したことに予想より後悔した。ぼくはトウキの生まれ持った性質に対して、言い方は悪いけど同情めいた念を強く抱いているのだ。彼女を幸せにしてやりたいと心から願う。

だからぼくは名探偵なんかになれない。トウキの性質が最大限活かされるのが、殺人事件を次々に解決する名探偵の隣だとしても。

それに巻き込まれ続けるのが彼女の本当の幸せになるとは、思いたくない。

「これは興味本位の質問なんですけど、どういう捜し方したんですか？」

木曽川は猪突猛進《ちょとつもうしん》に走り回る性格に思えないから、闇雲に捜すよりは、依頼者からの情報を基本にして動くだろう。というか熱血野郎だったらぼくに頼みには来ない。

親御さんの知り得ない交友を依頼者、恐らく教師なら学校で目撃して、それを木曽川に伝えている可能性もある。それを軸に木曽川が捜索して発見出来なかったというなら、その交友関係に関しては調査対象から省くことが出来る。

殺害を望むぐらいだ、依頼者は中家ソウに関して無知ということはないだろう。

むしろぼくらが知ったら軽く引くような情報まで収集している可能性が高い。

「僕の依頼を請けてくれるなら話すよ。そうでないなら話す理由がないな」

肝心な部分で身を引いて、言い渋ってきた。ぼくの板挟みのような状況を見透かしているわけでもあるまいに。

「大体、そんなこと聞いてどうするんだい？」

ぼくの目を覗き込むようにして、木曽川が言う。まるで探るように。

多少食いつきの良さを示した所為か、ぼくに思うところがあるのではと疑っているような態度だ。腹の探り合いになるのは勘弁して欲しいな、不得手だし。

「言ったじゃないですか、興味に基づいているって。探偵ですから、捜し方ってやつに関心があるんですよ」

「へぇ。じゃあ好奇心を満たすという人生の充実の為にも、そろそろ請けることをお勧めする。精神の衛生にも気を遣わないと、健康的とは言えないぜ」

気楽に言ってくれるよ。

「……仮に今の人をぼくが捜して見つけたら、あなたは殺すんでしょう？」

何を当たり前のことを、という顔をされた。

「さっきそう言ったじゃないか。でも気に病む必要はない。君は依頼されただけで、知らなかったってことにすればいいじゃないか」

「すればいいってことは、逆に意識しているってことになる。殺人に協力したって認めろと仰る？」

「人は知らず知らずのうちに、誰か殺してるよ」

またもその道の達人っぽい、悟った風味の強い発言を木曽川が口にした。

「例えば駅前でタクシーを拾おうとした。だけど後ろから大急ぎの人が現れて、先に乗せてくださいと頼んできたので、快く譲った。そしてそのお客さんを乗せたタクシーが、三十メートル先で事故に遭ってお亡くなりになった。これは、殺人に協力したことになる？」

「少なくとも法律では罪に問われないでしょうね。無関係だ」

「君の譲歩するのはそのレベルだ。タクシーを譲った優しさに罪はないだろう？　僕を助けたというビジネスライクな結果に、罪はないんだよ」

「いやぼく、あなたが殺すって知ってますし。これ、罪に問われますよ」

チッ、と木曽川が舌打ちを漏らした。そんな話術で人が騙《だま》されるものかよ。

「黙ってれば分からないって。僕が本当に殺し屋さんかも、君は知らないわけだし」

集団の万引きじゃないんだから。説得が途端にいい加減になったぞ。

「でも殺し屋と認識していれば罪だ。名探偵がいるから周囲で事件が起きるっていうのと一緒で、それは見過ごしちゃいけない罪なんだ、知った瞬間から」

「だけど今、あなたが立っている地球の裏側で一生会わないような誰かが死にますが、その代わりに一千万円貰えますって話を持ちかけられたら、心揺らぐだろ？」

「一千万じゃなぁ」

「じゃあ一億ドル」

「……………………………」ぼくの無言に木曽川は満足そうに笑う。

「それぐらい、君とは無関係な女子高生なんだ。知らない人が死んでもお金が貰えれば、万々歳だろ」

関係あるんだよ。少なくとも死体を連れ戻したって、家族は喜ばない。

そんなことは食われた犬の骨を渡した日に、学習済みなんだ。

だからといって、その順序を逆にすることも、ぼくの中では認められない。……あれ、じゃあどうすればいいんだ？　この場をごまかして、情報聞き出して無事に中家ソウを保護して。で、家に連れ戻したら、それに気づいた木曽川が手間取らずに殺害する。

これも間接的に、木曽川に協力していることにならないか？　調査費を貰うかどうかの違いだけで。となると、やっぱり木曽川を警察に逮捕して貰うのが最良の結末なのか。

木曽川に今回の仕事を諦めさせるという道もあるけど、そこまでこいつに気を遣う必要はない。

「ところで、何の話でしたっけ？」

「えーと、捜し人の依頼について。そうそう、受けてよ」

「嫌です」

木曽川と話していると、どうも仕事している感が心から捻出出来ない。それにこういう聞き出し役はエリオットの方が向いていて、ぼくは肉体労働担当なのだ。

……やっぱり今回、担当の割り振りを間違えたかなぁ。

「いよぅ、勤労青年！　と見知らぬ青年！」

入る機会を外で窺っていたように丁度のタイミングで、飛騨牛が二足歩行して人語を駆使してガハハと笑いながら入ってきた。え、それってもう人間？　そうかも知れないね、所長だね。スケッチブックを脇に抱えているよ。

「どちら様？」と木曽川が質問してくる。「ウチの所長」と修飾なしに説明したら、「おお、ボスか！」と妙に感動の声をあげた。殺し屋さんは組織とか事務所に属していないのか？

「あっちー」と臆面もなく床に座り込む所長が、荒い息を吐く。首の裏をガシガシと掻いている姿は、毛並みを気にする熊みたいにぼくの目には映った。

「絵は描けたんですか？」社交辞令と皮肉を織り交ぜて成果を尋ねてみる。

「うむ。しかも河原で女子高生にキャー、尊敬しますー、とか言われてきた」

「幾ら渡したんですか？」

「本格的に殴るぞお前。若造には分からん、いぶし銀の魅力ってやつだよ」

まぁ燻《いぶ》されたような色はしてますけどねぇ、銀っていうか茶褐色に。

「ふふふ、本当は内緒なんだけどなー、おじさんだけの甘酸《あまず》っぱい秘密なんだけどなー。矮小《わいしょう》に疑心ばかり募らせるお前に、特別にその子を描いた絵を証拠として見せてやろう」

加齢臭の酸っぱさが目立ちそうなオッサンが、勿体ぶってスケッチブックを握りしめる。

そして「ばばーん」と所長がスケッチブックを捲り、ぼくと木曽川の目にその絵を晒す。

泡吹き出しそうになった。

思わず、敵対関係にある木曽川と顔を見合わせてしまう。口がぱくぱく、二人で音なく開いた。スケッチブックに描かれた人物像を見つめて、『だよね』『うん、だよな』と確認を目でキャッチボールさせる。

「なんだ、この二十一世紀最大の感動に触れて、二人とも言葉も出ないのか？」

「この人に、会ったんですか？　河原で」

恐る恐る、絵の女を指差す。

これ、どう見ても、ぼくら二人が追い求める女子高生の斜め顔なんですけど。

「そりゃおめー、オジサンはそんなにセンチじゃねーから昔の憧れの子を脳味噌で思い出して描いてねーべ。会って意気投合して絵に収めたんだよ」

その言葉を耳にした瞬間、確定となった『証拠』に胸を躍らせて木曽川が飛び跳ねた。「あ！」そしてぼくより一足早く、事務所の扉に縋り付く。扉を強く開け放ち、閉じもせずに木曽川が廊下へと駆け出していった。

くそっ、話を聞き出す為に引き留めた結果がこれか！

ふーははは！

「これだから推理なんぞチマチマやってられねぇ！」

どうでもいい偶然が、過程を吹っ飛ばしてしまうのだから！　くだらねぇ！

一足早く飛び出した木曽川を追いかける。ぼくが直接、木曽川を妨害する。

家出人を連れ戻すというのが、ぼくらの請け負った仕事なのだから！

「おい二人とも！　俺の絵を買う金なんかそんなに急いで持ってこなくていいぞ！」

おめでたい飛騨牛は放置して、事務所の扉を乱暴に閉じた。

木曽川はエレベーターを無視して非常口の扉を僅かに開けて、その隙間へ潜り込む。階段で一階まで駆け下りるつもりか。ぼくも同じ道を辿り、踊り場から下り階段へ跳ぶ。下からバカンバカンと跳ねる音が木霊《こだま》しているので、上へ逃げたってことはないようだ。そもそも逃げる必要ないし。

足腰に異常な負荷をかけて痺れを発しながらも、挫かなかった足に感謝して裏口へ走る。すぐに外へ出て、太陽に襲われて目を細める。光により窮屈になった視界の中で、木曽川がビルの表側へ回り込んでいる姿を確認する。それを追いかけると木曽川は、ここまで乗ってきたらしい自転車の鍵を外し、飛び乗る。駐輪している場所の関係で、ぼくの方が自転車まで距離があった。しかも恐らく先に来ていた木曽川が妨害の一環なのか、ぼくの自転車を蹴り倒していったようだ。何て奴だ。

「この野郎！　調査費払え！　もしくはあの絵を買え！」

「お前の手柄じゃないだろう！　しかも買うか！　お前ら、美術品詐欺でも兼業してるのか！」

言ってみただけだ！　でも叫んだから気合いが入った！　このくそ暑い夏に追いかけっことか本当に気が滅入る、っていうより昔を思い出して嫌だなぁこんちくしょう！

「……っと、あれ？」

起こした自転車に跨り、ヤケクソ気味に全力で追跡しようとした動作を、中途半端な体勢で停止させる。勇んで走り出したはずの木曽川が自転車をキコキコこいで、華麗なUターンを見せつけてきたのだ。何故か戻ってくる。ぼくは半分ほど跨っていた自転車から降りて、身構える。木曽川は友達の家に到着して、その敷地内に自転車を停めるようにぼくの前で停車した。そして端正な唇を開く。

「河原って何処だ？　というか何処の河原の何処にいるんだ？」

早口言葉のようにぼくに尋ねてくる。生憎だが「知るか」と答えるしかない。

しかし突っぱねつつも、もっともな質問だと思う。木曽川の勇み足に釣られて、肝心の場所特定を失念してぼくまで飛び出してきてしまった。木曽川はまだ自転車から降りていないが、その関心はビルの入り口、そしてそこから続く探偵事務所へと向いているようだった。ぼくはその視線を遮るように立ち塞がる。

「事務所には行かせない」

「お、熱血しているね」

木曽川が茶化しながらも、目だけはおどけずにぼくを睨みつけてくる。

「だけど、僕も仕事なんだ。あのオッサンに会わせて貰おう」

「オッサンは譲らない！」

考えうる中で最悪に位置する争いだった。なんで五十代のオッサンを賭《か》けて殺し屋と勝負しなければいけないんだ。その馬鹿らしさを早々に悟ったのか、木曽川は好戦的な目つきを丸くして、「ふむ」と顎に手をやった。

「あのオッサン、歳幾つだ？」

「あ？」唐突な質問に面食らう。木曽川はぼくに質問したにも拘わらず、答えを待たないで話を先に進めてしまう。

「ま、五十歳ぐらいだよな。ついでに言えばお世辞にも、日頃から体力作りに励んでいる体格じゃなかった。なんだあのプリン腹は。一度、直《じか》に触ってみてーな」

「何の話だよ」

木曽川の半ば独り言についていけないぼくが強い口調で尋ねる。すると木曽川はニヤリと会心の笑みを浮かべて、ぼくへ勝ち誇るように言い放った。

「探偵さんのお得意な推理だよ！」

言い放った直後、木曽川がまたターンを決めて走り出す。

事態についていけないぼくは、その木曽川の行動に反応が遅れて、背中を目で追いかけることしか出来ない。

木曽川はオッサン、所長の体格や年齢という情報で、中家ソウの居場所を推理したというのだろうか。頭の中で錯綜《さくそう》するそれを、必死に解こうとしてしかめ面になる。

「……あ！」

所長は歳で体力がない。しかも外は猛暑だ、長期の移動は好まないだろう。だったら移動距離をなるべく短くしたくなるという心情は当然だ。それに事務所に入ってきたとき、所長は自転車や自動車の鍵の類を持ってはいなかった。徒歩で移動してきた可能性が高い。

じゃあ事務所のあるビルから最短距離で出られる河原で、あの女子高生と出会った、ということか！　うわ、確証はないけど何だか正解っぽい推理だぞ！　しかもあんなに自信満々に走る後ろ姿を眺めると、信じたくなってしまう！　鶴ヶ島さんたちが中村青年を信用した気持ちが今なら分かる！

などと感心なんかしている場合じゃない。ぼくも今度こそ、自転車のペダルをこいで走り出す。木曽川の背中を追いかける。スタートダッシュで差はつけられたが、大丈夫。

見たところあの殺し屋、ぼくより体力がない！　勝てる！

「ほーらやっぱり最後に物を言うのは体力だった！　探偵万歳！」

知力、体力、時の運もビックリの結論だがな！

「おーいついたー！」

距離を詰めて、数秒後には尻目に出来そうな木曽川へ叫ぶ。木曽川は振り向いて顔を引きつらせ、ペダルを一層強く踏む。が、それでも大した加速じゃない！

ほーら逆転したぁ「ちょわ！」「うわっ！」木曽川が、追い抜きかけたぼくの自転車の前輪を蹴ってきた。スポークを思いっきり蹴り飛ばされて、前輪が迷走する。転ぶ寸前に地面に足を突き出し、滑らせながら何とか転倒を回避した。

「ははは っ！　さらばだ明智《あけち》君！」

その隙に木曽川が悠々、再び距離を離していく。「だー！」地面を蹴って初速をつけて、自転車で再度走り出す。「お前怪盗でも怪人でもないただの殺し屋だろうが！」

何をやっているんだろう馬鹿馬鹿しい、こんな低レベルな中学生風の争いで本当に一人のババ高生の命を懸けていいのかと不安になりながらも手と足は勝手に、休みなく動く。

ぼくの前輪と木曽川の後輪が擦れ合う距離に再び追いつく。で、苦情を垂れ流す。「危ないだろ！」「危なくしないと先に走られるだろ！」屁理屈《へりくつ》が返ってきた。「大体なぁ、僕だって女子高生殺すの嫌なんだぞ！　だって女子高生だし！」「理路整然と対極の意見なんか口にされても意味分かるかよ！」「女子高生は理屈じゃないんだよ！　夢だから！」「ぼくだってなぁ、女子高生が数年前は理想の年頃だったことを考えれば悔しくて夜も眠れないぐらいなんだよ！　夢なんか見られない！」「頭おかしいぞお前！」並ぶとまた木曽川の右足がペダルから離れる。妨害の予兆を感じ取り、こっちも左足を用意する。そして相手より先に自転車の籠を蹴り飛ばすことに成功した。木曽川は「うぉー！」と戦士の雄叫びみたいな奇声をあげて、塀で側面をガリガリと削る。ハンドルや車体、乗り手の肩や頭諸々《もろもろ》、余すところなくダメージを負ったようだ。当然、速度も落ちる。妨害を受けずに抜き去るのは今しかない！　籠を蹴った反動で多少、こちらの車体も安定感を失っているが奴よりよっぽど早く体勢を立て直せる。ハンドルを左右に二回、ふらつきに合わせて切りながら車輪の安定性を確保して、真っ直ぐ走る自転車の軌道を取り戻す。さぁ一気に川へ！

「かそばぁー！」加速と宣言しようとして、背後から貫いた衝撃に邪魔された。ごぎょげ、という音が口からじゃなく後頭部で鳴り、幾何学模様が目の中を泳ぐ。自転車に前のめりになって重心が傾き、逆ウィリーみたいに後輪が浮き上がってしまう。

「っそ、っそ、くそ！」瞬間、真夏の暑さを背中が一際強く感じた。直後、暗転。自転車が転倒して滑って、ぼくも道路の掃除を行うように転げ回った。「くぅ……」だけどやっぱり頭が一番痛む。何しやがった、と横向きになった景色を見渡して確かめると、すぐに事態が判明する。木曽川が塀の上から飛び出していた木の枝を折って投擲《とうてき》してきたんだ。しかもぼくの頭部には折れて尖った方が突き刺さったらしい。フォロースルーの余韻が途切れた木曽川は慌てて自転車をこぎ出して、頭部の激痛で吐き気を催しているぼくを抜き去ろうとしてくる。視界が曖昧に揺れたまま、ぼくもその自転車との並走を試みる。中途半端に起こしてまだ斜めを向いている自転車に飛び乗った。

「安心せい、峰打ちじゃ！」「飛び道具に頼るなんて卑怯だぞ！」「キミィ、人生はゲームじゃないんだよ！ ルールなどあるか！」「後半で良い台詞が台無しだよ！」

車体一つ分の距離を残したまま怒鳴り合う。通り過ぎる人はぼくらを何だと認識しているんだろう。〇〇イ？ イシダイでもトクバイでもなく、キ〇〇？ さもありなん。

「せこい妨害ばっかりしやがって！ 同業者のスマートなイメージぶち壊しだぞ！」

籠を蹴ろうとした木曽川の足とぼくの足が重なり、互いの臑《すね》を踵で削り合う。涙出るか血管千切れるか、どっちかに見舞われそうな痛みが高速で走る。

「お前こそ何処が探偵だ、推理もしない癖に！　詐欺じゃねえかほとんど！　探偵なら体力じゃなくて知力で犯人に立ち塞がれってんだ！」

木曽川が自分の自転車から手を離し、こちらのハンドルへ手を伸ばしてくる。突き飛ばすかグチャグチャに揺らして安定感を失わせるか、といった考えらしい。「させるか！」とその手を遮ろうとしたらクロスカウンターみたいに腕が捩れ合いながら噛み合わず、お互いの自転車のハンドルを握る結果となってしまう。「離せ！　運転しにくい！」「お前が離せ！」「一回は一回ってことでもう暴力の連鎖はいけません！」「先に手を出したお前が言うな！　大体だな、一回は一回とか愚かしい！　一歳年齢を刻んだからって一歳分、恋愛対象の年齢まで引き上げる必要ないだろうが！　幅広さに寛容になれよ！」「例えになってねぇよそれ！」「いいから道端で転がってろ！　蝉っぽく！」「そっちこそ殺すぞ！　一人殺すも二人殺すも一緒じゃあ！」「そんなわけあるか！　ぼくを殺しても誰も金払ってくれねえぞ！」「あのちっちゃい子が感謝料ぐらい払ってくれるだろ！」「どういう意味だコラ！」「このケダモノが！　あんな小さな子に手を出しやがって！」「お前こそ女子高生を手にかけるなんて！　幾ら相手が旬を過ぎたババァでも尊い命なんだぞ！」「それ女子高生の前で言ったらお前の命が削られるぞ！」「おいつうか前！　河原！」でもその前に土手だ！　橋と川と空が視界を埋め尽くす！　ヤバイ、止まらないと！　落ちる！

「おいブレーキだよブレーキ握れ！」「ていうか足だよペダル踏むの止めろ！」相手のハンドルを引っ張って押し合って何とかしようと試みるけど上手くいかず、しかもペダルをこぐのがほとんど自動的に陥っているから止め方をぽっかり忘れて、「間に合わない！」

一瞬、木曽川と顔を見合わせる。奴の瞳に映るぼくの不安そうな顔を見て取り、決断。「離脱！」自転車を放棄して、土手への転落を回避した、つもりだった。でも相手側のハンドルを握っている影響で咄嗟に飛ぶ方向は、木曽川の自転車がある方だった。「がっ！」頭をぶつけ合う。木曽川と。「なんで一緒に飛び降りがっ！」顎を土手で打ち上げて木曽川の顔が跳ねた。そして河原へ続く土手を二人で転がりまくった挙げ句、最後は跳ね上がり、陽光の輝きが優しく揺らめく水面へ「うぉあうぼぶぶぉぶえうふぁぐ！」ダイブした。

どっぽーん、と二つの大きな水柱が上がるのを水中から見る。泡が身体周辺、そして口から大げさなほど零れて水面へと上っていく。川はもの凄く浅いというほどもなかったが、すぐに底に顎が到着してしまった。どうせ空気を吐き出して身体が浮き上がらないのだから、水底に潜む魚の気分で、暫くその場に佇む。水が排水溝のような音を伴って流れている。ああ、水面に上がったら水着姿の小学生集団が川遊びに訪れていないかなぁ……とか妄想していたら意識が遠退いてもの凄く視界が眩しくなってきたので、慌てて水面に顔を出した。上では既に木曽川が復活して、口から水を吐き出していた。

あますところなく川の水が駆け巡り、身体にべたべたと服が張りつく。最悪の感触だ。少し俯くと、濡れた髪が垂れて顔にかかり、鬱陶しいことこの上ない。あ、帽子が！

流れていく二つの帽子を無言でバチャバチャ追いかけて、互いに被り直す。ぼくはともかく木曽川の帽子は濡れたことで、天井に張りつくコウモリみたいに垂れ下がっていた。

まだぼくと木曽川は無言だった。身体の土手で打ち付けた箇所が順繰りに痛み出して、それに慣れるまでがお互い、大変だった。服もボロボロになって、泣きそうだった。

自転車はぼくらがサドルから飛び降りた影響で横倒しとなって、土手の遥か上で日光浴している。ぼくも土手に大の字で寝て干されたい、と一瞬だけ思った。

「川に入ったのなんて、何年ぶりだろう」木曽川が川底に座り込んだまま、ぼそりと呟く。

「ぼくは去年も入ったよ。ゴミ拾いを手伝わされて」

「ああ、そう……」

そこを区切りとして、暗黙の了解で仕切り直した。途端に木曽川が絶叫する。違う川に入ったから僕は同化して存在が消えてしまう、とかいう話ではなさそうだった。

「あー！　包丁川に落とした！　ない、ない？　そこらへんにないか？」

「ほーら、ろくでもないことが起きた」伏線回収と。しかし規模が小さかったな。

相手の罪に応じているわけでもない、法則性のないばらまきだからなぁ。

「おい探偵、落とし物捜索を急遽依頼する！」

「するか馬鹿！　殺し屋廃業しろ！」

「あれ、お祖父《じい》ちゃんの形見なんですよ！」

「包丁の使い方を間違えて祖父さんをこれ以上泣かせるな！」

「野垂れ死にさせる気か！　他に出来る仕事なんか今更あるわけねえだろ！」

「うるせぇ犯罪者！」

「うっせバーカ！」「ぶわっ！」水面を蹴り上げて川の水をぶちまけてきた。武器を紛失したからって水かけとか、どれだけレベル下げた攻撃なんだよ！　「ちぇや！」

倍返しだ！

　顔面に飛沫《しぶき》を浴びた木曽川が犬のように顔を小刻みに振って水分を飛ばして、「飛び道具は卑怯なんじゃないのか！」「自然を道具扱いするなこのたわけ！」「木の枝だって自然の一部だろうが！」「この自然破壊者！　エコ精神がないのか！」「お前も小さい子とか新鮮そうなのばっか狙ってないで古いので我慢しろ贅沢者が！」

「あのー」

「「はい！」」

　声をハモらせて、中家ソウに振り返る。……あ、中家ソウだ！　目的の人。本当に河原にまだいた。土手に座り込んで、ぼくらを胡散臭そうな視線で見下ろしている。

到着は同時だったけど木曽川が包丁を川になくしたのなら殺せないわけで、これはぼくの勝ちじゃないか？　審判である中家ソウは、ぼくの目線の訴えに応えない。

「あなたたち、男二人で海での水かけっこの予行演習ですか？」

「相当違います」

「じゃあ、何なんですかあなたたち」

　いきなり自転車で走って川に飛び込んできて。みたいな困惑した顔つきだった。

　いや聞かれても。

顔を見合わせる。互いに川の水が滴《したた》っている。でへへ、と見苦しく笑う。

それから二人揃って、中家ソウに再び振り向く。

「閃かない探偵です」「仕事道具を川に落とした殺し屋さんです」

中家ソウは耳を指で弄りながら、その二つの自己紹介を微妙な表情で受け止める。

そして、実、川遊びに興じているとしか思えないぼくらへの、実に素直な評価を下した。

「どっちも役に立ちそうにないですね」

失敬な。

『エピローグ』

今日は確か終戦記念日だったな、とカレンダーを見上げてふと思った。

その日もぼくは事務所の椅子の背もたれをガッチャガッチャと軋ませて、ゆったりとした姿勢でくつろいでいた。ここのところ、酷い赤字だろうなぁと稼働するエアコンを眺めて溜息を吐いたりする。

家出人捜しの仕事が終了して以来、事務所には一週間近く新規の仕事が入ってきていない。給料泥棒が二人、人の出入りがない事務所に雁首《がんくび》揃えて将棋に興じる毎日だった。

「暇だねぇ」エリオットが頬杖を突きながらぼやく。そろそろ将棋も飽きてきたようだ。

「全くだ。飛驒牛は?」

ぼくの腕前が上達の気配をまるで見せないからなぁ。照れ屋さんな才能なのかな。

「美味《おい》しいカステラが食べたいと言い残して朝早くから旅立った」

「良いもん食って美味しく育てよー」投げやりな感想しか思い浮かばなかった。

窓の外に太陽がぶら下がり、犬も猫も、暑さに参って外へ逃げたくなくなっているのだろう。

ぼくはこの退屈な時間をそう、前向きに解釈していた。

「と言いつつ、ぼくも今日は早退するつもりだけど」

「うん？　何か用事？」

「夕方からトウキと夏祭りに出かけるんだ。ほら、繁華街の通りで毎年やってるやつ」

「デート、のつもりかな。太郎君の中では」

「それ以外の何だって言うのだ」

返事はなく、太郎君はスーパー幸せだなぁという感じに微笑ましく見つめられた。

さては他に言いようがないことを悟ったな、エリオット。

「お？」応接テーブルに置きっぱなしだった、ぼくの携帯電話が派手に震えている。

「この勝負、預けた」「いやこれもう詰んでるよ」勝負を一時中断して、電話を手に取る。

「おや、噂をすれば」トウキからだった。正確にはぼくのアパートの電話からだが。

表示されたのが登録されていなくて、しかも木曽川っぽい電話番号じゃなくて良かった。どんな番号だよ、と突っ込みながら通話ボタンを押して、電話を耳に添える。

ああ、それと中家ソウからのメールじゃないことにも一安心。この間の一件以来、何故かほぼ一方的なメル友になってしまったのだ。その件で色々と、心労が溜まっていた。

「もしもし、花咲です。歳取ったら花咲《はなさか》爺さんとかギャグに使えるねって今思った」

『ふぁ、ふふぃーふぃふぇた』

「……なんか食べながら電話するの止めなさい」

『ごっくん』

「それで、何かあった？」

『さっきアパートにお客さんが来てたわよ』ふふふ、と何故か不敵そうな笑い声。

「うん？　支払いの滞っているものがあったかな」

『あの木曽川って殺し屋おじさん』

「うぉーい！　まさか扉開けちゃったの？」

『開けなきゃ誰が来たか分かんないじゃないの』

「声で確認取れるでしょ！」

『おじさん、裏声使ってきたから』

容易に想像出来た。その風景も、木曽川の若干無理した裏声も。

『なんかスナフキンみたいな帽子被ってた』

「知ってる」

『ルイージとは帽子仲間ね』

「いやそれもういいから。ていうかトウキ、こ、殺されてないだろうな」

仕事が失敗した腹いせとかで。

『携帯電話にあの世の人と繋がる機能がついたら、使う人増えるのかしら』

「後、求婚とかされてないだろうね」

『自分を基準に危機の優先順位作るなよ……あ、でも菓子折貰ったわ』

「簡単に受け取らないように!」

『イチゴ大福がいっぱい入ってた。近所の和菓子屋さんのやつよこれ』

「もう開けちゃったのですか。調べもせずに食べちゃ駄目だからね」

『バッチッチ』

「ていうか電話してきたとき何か食べてなかった?」

『で、菓子箱の底に封筒が入ってたの』

「呪いの手紙かカミソリレター、どっちかな」

『なんか新しい仕事の依頼みたい。人捜してくれって』

「懲りるということを知らないのかあいつは！」

『やったねルイージ！　事務所の開店休業状態脱出のきゅーせーしゅよ！』

「あーもー……なんなんだあいつは」

『あと、なかいえ……なかや？　さんは包丁なくしちゃったから暫く仕事出来ないし、今回は諦めますって書いてあった。何の話？』

「ええい、今から帰る！　ちょっとそのまま待ってて！」

『え、それは困る。大福の数が』ピ。

電話を切り、ぼけーっと座っているエリオットに報告する。

「ということで早退の時間が早まった」

「どういうことだい？」

もっともなエリオットの疑問は無視して、手早く荷物を纏める。

「所長がカステラ買って帰ってきたら、ぼくの分として一切れ残しておくように頼んでおいてくれ。じゃ、外回りに行ってきます！」「待て負け逃げ男！」

限りなく不名誉な名称でぼくを引き留めようとするエリオットを振り切り、事務所を飛び出した。ビルの廊下に出て、帽子を手のひらで押さえながら非常階段に走る。

エレベーターを無視して、階段をガンガンと何段も飛ばして次々に飛び降りる。非常口を示す薄緑の輝きに染まる縦長の空間で、尖った音が跳ね回って鼓膜を突き刺す。一階に着く頃には、蓄えていた冷気が尽きてじわじわと暑さが迫り上がってきていた。それがぼくを覆い尽くす前に、勢いを殺さないように全力で床を蹴る。

ビルの外に飛び出した直後、飛び込んできた日差しに目を焼かれて眩む。

顔の上部を手で覆いながら、液体を注入されたような感覚によって自由を失った足のふらつきに翻弄される。耳鳴りがパッ、パッ、と鼓膜の外へ出たり入ったりを繰り返して、途切れ途切れのノイズみたいにぼくの脳の左右を侵食した。

本来なら死角であるはずの、目で捉えきれない角度の景色がぐわっと一瞬だけ正面に映り、直後に立ち眩みに似た感覚が強く押し寄せる。それに応じてドクドクと、脈拍が増加した。

エアコンで快適に管理されていた空間から突然飛び出して、外の光を一気に浴びたから身体が戸惑っている。順応して活動出来るようになるまで、暫くかかりそうだ。

つーかあの殺し屋さん、ぼくん家の住所を突き止めているわけか。

「……何だかなぁ」

今晩の夏祭りが早速、不安になる。

何事もなくトウキの浴衣《ゆかた》姿が拝めるだけで、ぼくは絶頂になるのに。

何で容易く幸せになれる地球の何処かで、殺人なんか起こるのかなー。

唸って、顔を覆う指の隙間から覗ける、道行く人たち。

この人たちの誰かが、これからいつか、何処かで殺人に手を染めるのだろうか。

しかし地に足が着いていることを願う探偵は、ふわふわと、夢のように漂う殺人事件を目で追わず、何もない地面に向けて俯く。

だって犬と猫は、空を飛ばないのだから。

「だから探偵・花咲太郎は閃かない」

ショートカット出来るところは、しないとね。


ぼくの愚かさが今日も周囲の人の平穏だけを約束する。

祈りが届いている内は、このまま愚直に歩いて行こう。

あとがき

まず、お詫《わ》びを一つ。

一部の媒体で、刊行作品名を『傷跡コミュニティ』として発表していましたが、これは二章以降があまりに面白くなかったので自主ボツとさせて頂きました。

大変申し訳ありませんでした。


さて。こんにちは、入間《いるま》人間《ひとま》です。

取り立ててあとがきとして書くことがありません。小学生の頃は初代ポ○モンの図鑑を一人で完成させていました。そんな社交性のない人間に近況報告などさせてもただのポケ○ン日記になってしまうのは明白であり、長々と書いたらトランプや花札を作っている某会社に怒られそうなので大部分を省略させて頂きます。

纏めると、ヤドンが一番かわいい。パーティもヤドン×6です。進化などキャンセル。

今回も大変お世話になりました、担当編集の小山《おやま》様と三木《みき》様にお礼申し上げます。口ばかり達者にならないよう、精進《しょうじん》を続けていきたいのでよろしくお願いします。それと表紙絵を担当して下さった左《ひだり》様。もう俺、右《みぎ》って名前に改名して左さんとコンビ組みますよ！　というのは確かブリキさんの発言でした。

少し先の話ですが、来月もよろしくお願いします。

ついでに、母の育てている蘭《らん》の花を父が誤って折ってしまい、怒られた後、『最初からお前の所為にしとけばよかったなぁ』と俺に向けて言っていました。

こんな父ですが、仕事場ではとても尊敬されているそうです。立派ですね。

そんな二人にも感謝しています。

最後になりましたが、勿論、読者の方々にも最上の感謝を。

来月も本が出ますので、よろしければお願いします。

入間人間

入間人間　著作リスト

探偵・花咲太郎は閃かない（メディアワークス文庫）
嘘つきみーくんと壊れたまーちゃん　幸せの背景は不幸（電撃文庫）
嘘つきみーくんと壊れたまーちゃん2　善意の指針は悪意（同）
嘘つきみーくんと壊れたまーちゃん3　死の礎は生（同）
嘘つきみーくんと壊れたまーちゃん4　絆の支柱は欲望（同）
嘘つきみーくんと壊れたまーちゃん5　欲望の主柱は絆（同）
嘘つきみーくんと壊れたまーちゃん6　嘘の価値は真実（同）
嘘つきみーくんと壊れたまーちゃん7　死後の影響は生前（同）
嘘つきみーくんと壊れたまーちゃん8　日常の価値は非凡（同）
嘘つきみーくんと壊れたまーちゃんi　記憶の形成は作為（同）
電波女と青春男（同）
電波女と青春男②（同）
電波女と青春男③（同）
僕の小規模な奇跡（電撃の単行本）

メディアワークス文庫

探《たん》偵《てい》・花《はな》咲《さき》太《た》郎《ろう》は閃《ひらめ》かない

入《いる》間《ま》人《ひと》間《ま》

発行　2009年12月16日　初版発行

発行者　高野 潔
発行所　株式会社アスキー・メディアワークス
〒160-8326　東京都新宿区西新宿4-34-7
電話03-6866-7311（編集）
発売元　株式会社角川グループパブリッシング
〒102-8177　東京都千代田区富士見2-13-3
電話03-3238-8605（営業）
装丁者　渡辺宏一（有限会社ニイナナニイゴオ）
印刷・製本　株式会社暁印刷

Printed in Japan
ISBN978-4-04-868222-0 C0193

アスキー・メディアワークス　http://asciimw.jp/
メディアワークス文庫　http://mwbunko.com/

本書に対するご意見、ご感想をお寄せください。

あて先
〒160-8326　東京都新宿区西新宿4-34-7　株式会社アスキー・メディアワークス
メディアワークス文庫編集部
「入間人間先生」係

発行●アスキー・メディアワークス　ISBN978-4-04-868121-6